Friedrich Bodenstedt

Russische Dichter

Michail Lermontoff

Friedrich Bodenstedt

Russische Dichter
Michail Lermontoff

ISBN/EAN: 9783741158230

Hergestellt in Europa, USA, Kanada, Australien, Japan

Cover: Foto ©Andreas Hilbeck / pixelio.de

Manufactured and distributed by brebook publishing software
(www.brebook.com)

Friedrich Bodenstedt

Russische Dichter

Russische Dichter.

Deutsch von

Friedrich Bodenstedt.

Michaïl Lermontoff.

Berlin 1866.

Verlag der Königlichen Geheimen Ober-Hofbuchdruckerei
(R. v. Decker).

„Wir erachten es als einen großen Gewinn für den Anfang der russischen Literatur, daß alle ausgezeichneten Autoren Weltmänner waren. Dieser Umstand hat in die literarischen Arbeiten eine gewisse Eleganz der guten Gesellschaft gebracht, an eine Mäßigkeit in Worten und an edle Bilder gewöhnt, die das Erbtheil derjenigen Menschen sind, welche eine weltliche Erziehung bekommen haben. Diese formelle Gemessenheit beschränkte den Inhalt nicht, sie verlieh ihm im Gegentheile mehr Kraft; das grobe, plumpe, unedle, gemeine Element hat in der russischen Literatur nie ein Bürgerrecht bekommen."

Herzen.

Inhaltsverzeichniß.

Einleitung.

Einleitung.

Der fremde Dichter, welchen ich meinen Landsleuten hier in deutschem Gewande vorführe, glänzte als Mittelstern des schönen Dreigestirnes russischer Poesie, das mit Puschkin aufging und mit Kolzoff erlosch.

Diese drei hochbegabten Dichter, welche vereint das Gebiet der Poesie nach allen Richtungen durchmaßen, — lebten, schufen und starben in der ersten Hälfte des heutigen Jahrhunderts. Ihr Leben war ein kurzes, aber inhaltschweres und vielbewegtes; ihr Schaffen war ein reiches und unvergängliches; ihr Tod ein tragischer.

Puschkin fiel 1837, nach seiner Rückkehr aus der Verbannung, 37 Jahr alt, als Opfer einer Intrigue, im Duell.

Lermontoff wurde 1841, in der Verbannung, kaum 30 Jahre alt, ebenfalls in einem Duell, am Kaukasus, getödtet.

Kolzoff starb 1842, 32 Jahre alt, im Elend, zu Tode gemartert durch seine Verwandten und häusliche Sorgen.

Lermontoff empfing seine ersten poetischen Anregungen von Puschkin, dem größten und fruchtbarsten Nationaldichter Rußlands, der seinerseits Derschawin zum poetischen Vater hatte, mit welchem das noch kurze Geschlechtsregister der Stammhalter russischer Kunstpoesie beginnt.

Diese Poesie nimmt, wie das Land selbst, dem sie
entsprossen, eine weitverzweigte Mittelstellung zwischen dem
Abendlande und Morgenlande ein. Und hierin besteht ihre
wesentliche Eigenthümlichkeit. Jede Frucht ihres Baumes trägt
Zeugniß, daß dieser Baum zugleich aus Asien und Europa
seine Nahrungssäfte gezogen. Die reiche, bildsame und klang-
volle russische Sprache ist mit gleichem Glücke zur Trägerin
nordischer Kraft, Klarheit und Tiefe, wie südlicher Weichheit
und Formenschöne geworden. Der zwanglos eingebürgerten
Mannichfaltigkeit der Formen entspricht der, an die Sanges-
weisen aller Kulturvölker erinnernde Inhalt der besseren Kunst-
dichtungen des Volkes. Wer aber behaupten wollte, daß diese
fremden Elemente der russischen Literatur gewaltsam eingezwängt,
gleichsam bei den Haaren herbeigezogen seien, der würde dadurch nichts beweisen als seine eigene Unkenntniß der wirklichen
Sachlage. Denn jene Mischung ist nur das naturwüchsige
Erzeugniß einer entsprechenden Mischung des Volkes selbst.
Und wie hier alle nach und nach eingewanderten oder eroberten
fremdartigen Elemente um einen ureinsässigen, nationalen Kern
sich festgesetzt haben, so zieht sich auch durch die eingebürgerten
poetischen Elemente ein nationaler Faden, das Fremde mit
dem Heimischen eng verbindend, und das Verschiedene zur
Einheit gestaltend.

Ein nicht gering anzuschlagender Vortheil der russischen
Dichter ist die lebendige Wechselwirkung zwischen ihnen und
ihrem überaus empfänglichen und dankbaren Publikum, welches
in Palast, Kaufhof und Isba ihren Gesängen lauscht. Der
ärmste Bauer des Landes hat den Muth eines eigenen Urtheils;
er jauchzt auf bei dem was ihn entzückt, und weint bei dem
was ihn traurig stimmt, ohne umzuhorchen, was Andere dazu
sagen: eine sehr natürliche, aber eben deßhalb in civilisirteren
Ländern, wo die Unnatur zur Mode geworden, sehr seltene
Erscheinung. Diese allgemeine, lebendige Theilnahme zwingt

den Dichter, in allgemein verständlicher, vollsthümlicher Sprache zu reden. Daher jene treffenden, immer naheliegenden Bilder, jene Klarheit des Ausdrucks und jene Einfachheit der Darstellung, welche wir bei den russischen Dichtern selbst da antreffen, wo sie sich in den künstlichsten Formen bewegen.

Jedem, für dergleichen empfänglichen Reisenden, in Rußland wie in allen slavischen Ländern, muß die Meisterschaft auffallen, welche selbst die Bauern hier im Erzählen entwickeln, und die Fülle wirksamer Bilder und Mittel, welche ihnen dabei zu Gebote steht. Mickiewicz führt in seinen » Vorlesungen über slavische Literatur und Zustände (3. Jahrgang, S. 220)« ein besonders charakteristisches Beispiel der Art an. Ein Bauer erzählt den Gästen in der dunkeln Wirthshausstube eine Fabel, in welcher er selbst den Helden spielt. Er ist gegangen, den » wunderbaren Vogel « aufzusuchen, findet aber nur eine Feder, die der Vogel beim Vorüberfliegen verloren, die aber solchen Glanz hat, daß, als der Bauer sie in's Zimmer bringt, dasselbe wie von einer Fackel erleuchtet ist. Hier zündet der Erzähler unversehens eine Hand voll Späne an; diese auflodernde Flamme erschüttert alle Anwesenden und läßt sie den entsprechenden Eindruck lebhaft fühlen.

In einer andern Fabel, in welcher von der krystallenen Burg verzauberter Prinzessinnen die Rede ist, und dem Ritter aufgegeben wird, die seinige herauszufinden — was ihm deshalb unmöglich, weil alle verzauberten Prinzessinnen wie Sterne einander gleichen — öffnet der erzählende Bauer plötzlich das Fenster und zeigt seinen Zuhörern den hinter durchsichtigen Wolken von Sternen funkelnden Winterhimmel, der besser als jede Theaterleinwand eine krystallene Burg veranschaulicht . . .

Die erste Pflanzschule russischer Bildung und Kunst war die Kirche, welche ihre eigene, der Masse des Volkes unverständliche Sprache hatte. Im Gegensatz zu dieser slawonischen, durch ihre Schrift wie durch ihren Wort - und Satzbau im

Griechischen wurzelnden Kirchensprache, wurde die volksthümliche Sprache des Landes zur Trägerin der besonders an lyrischen Erzeugnissen überaus reichen Volkspoesie.

Mit der Versöhnung und wechselseitigen Durchdringung dieser sprachlichen Gegensätze beginnt die Zeit der russischen Kunstpoesie, welche in Fürst Kantemir und Lomonossoff ihre Vorläufer, in Dershawin ihren Begründer, und in Puschkin, dessen ebenbürtiger Nachfolger Lermontoff war, ihren höchsten Ausdruck fand. Ihre Anfänge fallen zusammen mit den Anfängen des russischen Kaiserreichs.

Der älteste Dichter der jungen russischen Literatur, Fürst Kantemir (1744 †), war seines Ursprungs ein Türke, Sohn eines Hospodars der Moldau, der sich unter russische Botmäßigkeit gestellt. Die Satiren, welche Fürst Kantemir hinterlassen, sind von bleibendem Werthe und ein treuer Spiegel der Menschen und Zustände, welche sie geißelten. Sie tragen aber durchaus kein nationales Gepräge, und es wehet darin mehr französische als russische Luft, eben weil Kantemir kein Russe war, und lange als Gesandter in Paris lebte, wo er seine Vorbilder suchte. Er hat hier deshalb als Vorläufer, nicht als Vater russischer Poesie seine Stelle gefunden.

Nach ihm kam Lomonossoff (1765 †), ein Mann, zu dem die Russen mit derselben Ehrfurcht aufblicken, wie wir zu einem Leibnitz oder Lessing. Er beherrschte das ganze Gebiet des menschlichen Wissens seiner Zeit. Er war der Vermittler des oben angedeuteten Gegensatzes zwischen Kirche und Volk — der Schöpfer der russischen Schriftsprache, der er sein Gepräge aufdrückte und ihre noch jetzt giltigen Gesetze vorschrieb. Er gab den Russen ihre erste Grammatik und stellte zuerst die Gesetze ihrer Metrik fest. Zu gleicher Zeit war er ein ausgezeichneter Philolog und naturwissenschaftlicher Forscher. Seine Verdienste um die physischen und mathematischen Wissenschaften haben auch in Deutschland, England und Frankreich, gebührende Anerkennung gefunden. Seine nach allen Richtungen fruchtbare poetische Thätigkeit mag von den Russen zu hoch angeschlagen werden: immerhin that er den Besten seiner Zeit darin genug! Er zeichnete den nachwachsenden Dichtern des Landes ihre Bahnen vor und bereitete ihnen die Sprache. Lomonossoff wurde geboren in einem Fischerdorfe am Weißen Meere. Seine umfassende Gelehrsamkeit erwarb er auf deutschen Universitäten, und eben weil seine Bildung, Methode und Geistesrichtung ganz unter ausländischem Einflusse sich entwickelt hatte, schlugen seine poetischen Erzeugnisse nicht so tiefe Wurzeln im Herzen des Volks, als die Werke seiner Nachfolger, denen er die Pfade bereitet hatte, und von welchen wir Dershawin als den Vater der jungen russischen Kunstpoesie bezeichnet haben, deren letzter und bedeutendster Vorläufer Lomonossoff war.

Mit Dershawin (1816 †), einem nicht gelehrten, aber reichbegabten Dichter, beginnt die Zeit, wo das aus der Fremde eingeführte Gold und Edelgestein russisches Gepräge erhielt und gleich nationalen Werthstücken anerkannt — oder ganz ausgeschieden wurde. Was dem Genius der russischen Sprache und Poesie analog war, eignete er sich an zu bauerndem Schmucke; das Uebrige stieß er zurück.

Dieser Läuterungsprozeß wurde vollendet von Puschkin und Lermontoff, unter deren Meisterhänden die schmiegsame Sprache ihre ganze Fülle des Wohllauts, der Kraft und der Schönheit entfaltete . . .

Wir sind jetzt, nach dieser rückblickenden Abschweifung, wieder angelangt am Ausgangspunkt unserer Betrachtungen, und der wißbegierige Leser könnte die Frage aufwerfen, ob denn Rußland in dem ganzen, eben flüchtig durchmessenen Jahrhundert keine anderen hervorragenden Dichter, als die wenigen obengenannten, erzeugt habe.

Allerdings könnte ich noch eine Reihe von Namen anführen, unter deren Trägern einige den augenblicklich bei uns gefeiertsten Lyrikern des Tages an poetischer Bedeutung mindestens gleichstehen. Aber alle diese Dichter nehmen eine mehr oder weniger isolirte Stellung in der russischen Literatur ein, und die meisten von ihnen unterscheiden sich in nichts Wesentlichem von den neueren lyrischen Dichtern anderer Länder. Ihre Schöpfungen bieten keinen Maßstab für die geistige Bewegung des russischen Volks.

Gewichtige Ausnahmen davon bilden Männer wie Kryloff, Shukowsky und Kolzoff: der erste ein äußerst geistvoller, den besten Dichtern dieser Gattung gleichzustellender, durch und durch russischer Fabeldichter; der zweite ein großer Meister der Sprache, der durch seine vortrefflichen Uebersetzungen Göthe'scher und Schiller'scher Dichtungen, sowie durch eigene bemerkenswerthe Erzeugnisse in Rußland einen ähnlichen Ruf erlangt hat, wie A. W. v. Schlegel in Deutschland. Kolzoff endlich ist ein hochbegabter Volksdichter im edelsten Sinne des Wortes.

Die volksthümlichen Gesänge dieses ächten Barden — den man füglich den russischen Burns nennen könnte — sind wohl zu unterscheiden von den mehr oder weniger im Volkstone gehaltenen Liedern moderner Lyriker, welche weniger getrieben durch eigenen Herzensdrang als durch äußerliche Effekthascherei, in die Saiten der alten Volksharfe griffen, und in deren Liedern der Kenner daher nicht sowohl ein Ausströmen eigener gesunder Empfindung, als vielmehr ein künstliches Verhüllen des Mangels solcher Empfindung entdeckt.

Kolzoff war der Sohn eines Rinderhirten und er sang seine herrlichen Lieder während er mit der Heerde die baumleere, endlose Steppe durchzog. Er war ein ächter Sohn des Volkes und der Natur; Bildung und Gelehrsamkeit haben seine urwüchsigen poetischen Kräfte weder gefördert noch verdorben, denn sein dürftiger Schulunterricht währte nur bis zu seinem zehnten Lebensjahre. Er hatte keine Anregung als die, welche der Himmel, die Steppe und sein eigenes Herz ihm bot. Seine Lieder werden fortklingen, so lange die russische Sprache lebt ...

Wenn es in meiner Absicht läge, eine einigermaßen vollständige Abhandlung über russische Literatur zu schreiben, so dürfte ich Namen wie Wjäsemsky, Batjuschkow, Barjätinsky, Wsin, Delwig, Krassoff, Chomäloff u. A. unter den Lyrikern eben so wenig übergehen, wie die ziemlich lange Reihe der Novellisten und anderer russischer Schriftsteller von Talent.

Da diese Einleitungszeilen aber nichts anderes bezwecken, als den Leser auf das Verständniß der nachfolgenden Dichtungen vorzubereiten, so lasse ich es bei dem hier über die russische Literatur Gesagten bewenden, um noch ein paar Worte über den Dichter des vorliegenden Bandes selbst hinzuzufügen.

Michaïl Lermontoff, ein Sprößling der hohen russischen Aristokratie, erhielt seinen ersten Unterricht durch Hauslehrer und machte dann, nach Art der meisten jungen Russen von vornehmer Herkunft, seinen Weg durch das Pagenkorps in die Garde. In Folge einer Ode, zu welcher der Tod Puschkins Veranlassung gab, wurde der junge Dichter aus der Garde entfernt und nach dem Kaukasus geschickt, wo er den größten Theil der Zeit, aus welcher die hier übersetzten Dichtungen datiren, in der Verbannung zubrachte, unter Verhältnissen, die sich nicht mit derselben Bequemlichkeit rubriziren lassen, wie die Notizen, womit man sonst gemeiniglich die Biographie hervorragender Dichter zu schmücken pflegt, und worin ausführlich offenbart wird, wo, wie und wann das junge Genie belliniren und konjugiren gelernt.

Lermontoff, ob er auch vielfaches Unglück im Leben ertragen mußte, hatte den größten Vorzug, dessen ein Dichter sich erfreuen kann: sein Herz wurde nie von gemeiner Sorge um des Leibes Nothdurft zernagt. In der vornehmen Welt

hielt man ihn für blasirt, weil ihre raffinirten Genüsse, die
er bis zum Ueberdruß durchgekostet, für ihn nichts Verlockendes
mehr hatten. Er liebte es, auf wildem Pferde durch die
Steppe zu jagen oder im Schlachtenlärm den Lebensüberdruß
zu verscheuchen, der ihn zuweilen beschlich. Tollkühn und
ausdauernd, suchte er im Kampfe weder Ruhm noch Aus-
zeichnung, sondern nur Zerstreuung und Aufregung, etwa wie
ein Spieler am Pharaotische. Mit ganzer Seele und Leidenschaft aber versenkte er sich in die großartige Gebirgswelt des
Kaukasus, die ihn zu seinen herrlichsten Gesängen begeisterte,
und die er, bis in die kleinsten Züge, mit einer Wahrheit,
Kraft und Treue geschildert hat, wie kein Dichter vor ihm.
Seine farbenfrischen Naturschilderungen aus dem Kaukasus
würden allein genügen, ihm die Unsterblichkeit zu sichern . . .

Um Lermontoff's Stellung als Dichter in der russischen wie in der Welt-Literatur richtig zu würdigen, muß
man zunächst in's Auge fassen: daß er sich am größten zeigt
wo er am volksthümlichsten ist, und daß doch der höchste
Ausdruck dieser Volksthümlichkeit (S. das Lied vom Zaren
Iwan Wassiljewitsch) nicht des geringsten Kommentars bedarf um überall verstanden zu werden. Es ist dies umsomehr
zu bewundern, als die hier geschilderten Sitten und Eigenthümlichkeiten den Nichtrussen ebenso fern liegen wie das vom
Dichter gewählte Versmaß, welches erst durch meine Nach-
bildungsversuche in Deutschland bekannt geworden ist, und in
Rußland etwa dieselbe Bedeutung hat wie bei uns die
Nibelungenstrophe.

Das Gedicht ist von wahrhaft homerischer Treue, Er-
habenheit und Einfachheit, und hat auch in verschiedenen
deutschen Hauptstädten, wo es von geschickten Rhetoren vor-
getragen wurde, den mächtigsten Eindruck auf die Zuhörer
gemacht. Da das Gedicht ein Stück russischer Vergangenheit
wiedergiebt und ganz in russischem Boden wurzelt, so mag es

vielleicht manchem Leser intereffant fein, das Urtheil eines
berühmten ruffifchen Kritikers, Schewyrew, den man in
keiner Hinficht zu den Lobhudlern Lermontoff's rechnen
darf, darüber zu hören: »Man kann nicht genug darüber
erftaunen, wie vortrefflich der Dichter es verftanden hat, alle
charakteriftifchen Eigenfchaften unferer alten Volkslieder fich
anzueignen. Nur in fehr wenigen Verfen ändert er den Volks-
ton. Wenn jemals eine freie Nachbildung den Rang eigener
Schöpfung erhalten kann, fo ift es ficher hier der Fall; denn
ein der Zeit nach uns weit entrücktes ruffifches Gedicht nachahmen, ift eine weit fchwerere Aufgabe als einen poetifchen
Zeitgenoffen nachahmen, deffen Gedanken in unferem geiftigen
Sein fich bewegen. Dazu hat der Inhalt des Gemäldes
hiftorifche Bedeutung und der Charakter des Leibwächters wie
des Kaufmanns ift rein volksthümlich.«

Lermontoff hat dies mit den großen Dichtern aller Jahr-
hunderte gemein, daß feine Dichtungen die Zeit, in welcher fie
fich bewegen, auf das Treuefte wiederfpiegeln mit all ihren guten
und fchlechten Eigenthümlichkeiten, ihrer Weisheit und ihrer
Thorheit, und daß fie zugleich beitragen ein gutes Theil diefer
fchlechten Eigenthümlichkeiten und diefer Thorheit abzuftreifen.

Unfer Dichter unterfcheidet fich von feinen Vorgängern
und Zeitgenoffen aber dadurch, daß er zuerft der Naturfchil-
derung ein breiteres Feld in der Poefie anwies und daß er
auf diefem Felde bis jetzt unerreicht dafteht.

Er hat in feinen Schilderungen die fchwierige Aufgabe
gelöft, zugleich den Anforderungen des Naturforfchers und des
Aefthetikers gerecht zu werden.

Ob er die Bergriefen des vielgegipfelten Kaukafus vor
uns auffteigen läßt, daß unfere Blicke fchwindeln vor den
Schneekuppen über uns und den Abgründen unter uns; —
ob er den Gießbach aus der Felswand lockt,

„von fteilen Höhn, wo felbft der Gemfe bang,"

ihn sich krümmen macht »wie gebogenes Glas« in Abgründen
verschwindend, neue Zuflüsse sammelnd und »in trüber Flut«
wieder hervorrauschend; ob er die Berghütten und Wälder des
Dagheſtan, oder die Blumen malt die auf Georgiens quellen-
durchrauſchten Fluren blühn; ob er die Wolken zeigt die am
blauen, endloſen Himmel ziehn, oder den Renner der über
die blaue, endloſe Steppe fliegt; ob er die heilige Stille des
Waldes, oder das wilde Getöſe der Schlacht ſchildert: immer
iſt er wahr und naturtreu bis in die kleinſten Einzelheiten;
unſern Augen liegt Alles farbenbeſtimmt offenbar und doch
weht ein geheimnißvoller poetiſcher Duft aus allen ſeinen
Gebilden, als ob die Wälder, die Blumen, die Wieſen uns
unmittelbar ihren Wohlgeruch entgegenhauchten.

Bekanntlich giebt es zwei anerkannte Ueberſetzungsmetho-
ben: die wortgetreue und die frei nachbildende. Auf die nicht
zu umgehende Frage, welcher von dieſen beiden Methoden ich
gefolgt ſei, — muß ich ehrlich antworten: keiner von beiden! Ver-
trauend auf die hohe Ausbildung, den Reichthum und die Bieg-
ſamkeit der deutſchen Sprache, ſteckte ich mir das Ziel, die ganze
Farbenfriſche des Originals wiederzugeben, ohne in den me-
triſchen Vorbildern das Geringſte zu ändern, ohne ein Bild
oder einen Gedanken zu verwiſchen, und vor Allem: ohne das
Maß des Schönen zu überſchreiten.

Es muß demnach, wenn ich meinem Ziele nahe gekommen
bin, dieſe Ueberſetzung ſich leſen wie ein formvollendetes Ori-
ginalwerk, und zugleich darf kein weſentlicher Zug des Originals
darin vermißt werden. Zu erreichen iſt ſolches Ziel, denn die
deutſche Sprache iſt ein Inſtrument, deſſen Saiten tonkundige
Finger alle Weiſen zu entlocken vermögen; und wo ihnen
Mißtöne entklingen, da trifft die Schuld nicht das Inſtrument,
ſondern den Muſikanten.

F. B.

Lyrisches.

Die Gaben des Terek.

Schäumt der Terek zwischen steilen
Felsen, wild, in Zornesglühn;
Seine Klagen — Sturmesheulen,
Seine Thränen — Funkensprühn.

Aber stiller zu den Füßen
Des Gebirgs, die Steppe her
Fließt er, und mit Schmeichelgrüßen
Murmelt er zum Kaspimeer:

»Meeresgreis, thu meinen Wogen
Gastlich deine Pforten auf!
Weiten Wegs komm' ich gezogen,
Suche Ruh' nach langem Lauf.
Bin ein Sproß kasbek'schen Thrones,
Großgesäugt an Wolkenbrust,
Ewig gen des Erbensohnes
Fremde Macht voll Kampfeslust.

Brach bei Darijel[1]) viel Steine
Aus der engen Bergschlucht los,
Schwemmte sie, zum Spiel für deine
Kinder, her in meinem Schoß.«

Doch das Meer, am Ufer dorten
Lehnt es wie in Schlafesruh, —
Und auf's Neu', mit Schmeichelworten
Flüstert ihm der Terel zu:

»Sieh', ein Weihgeschenk dir reiche
Ich, deß Blut im Kampfe floß:
Eines jungen Kriegers Leiche,
Der Kabarda Heldensproß!

»Kostbar ist sein Stahlgeschmelbe,
Und in goldner Schrift daran
Zieren rings den Saum vom Kleide
Heil'ge Sprüche des Koran.
Zuckten wild die Augenlieder,
Krampfhaft sich die Lippe schloß,
Und von seinem Schnurrbart nieder,
Dick und roth, ein Blutstrom floß.
Klar sein Auge, doch gefährlich,
Alter, tiefer Feindschaft voll.
Von dem Kopf zum Nacken, spärlich,
Schwarzen Haars ein Büschel quoll.«

Doch in seinen Ufern schweigend
Liegt das Meer in kalter Ruh —
Und, auf's Neu' sich zu ihm neigend,
Flüstert ihm der Terel zu:

»Meeresgreis, noch eine Gabe
Biet' ich dir, von seltner Art!
Drum vor allen andern habe
Ich zuletzt sie aufbewahrt.
Einer Berglosakin Leiche,

Jung, voll Schönheit wunderbar:
Um die Schulter her, die bleiche,
Fließt das lange, blonde Haar.
Wie so trüb die Züge scheinen,
Wie so sanft das Auge ruht!
Von der Brust, aus einer kleinen
Wunde, quillt das rothe Blut.
Und von den Kosakensöhnen
Im Grebén'schen[2] Reiterheer,
Um den Tod der jungen Schönen
Klagt selbst nicht der Eine mehr.«

»Hat sich auf sein Roß geschwungen,
Ritt hinaus durch Nacht und Graus,
Haucht' im Kampf, vom Dolch durchdrungen
Des Tschetschen,[3] sein Leben aus.«

Und es schwieg der Strom, der wilde;
Aber schneeweiß angehaucht,
Feucht, ein wundersam Gebilde
Aus den dunklen Fluten taucht.

Bei dem Blick, gleich Ungewittern
Hebt das Meer die mächt'ge Flut,
Dunkelblaue Augen zittern
In der Leidenschaften Glut.

Rauschend hoch vor Lust und Liebe
Breitet es die Arme aus,
Nimmt den Strom im Wellgetriebe
Gastlich auf in seinem Haus.

Tamara.[1])

Jn Darijel's Bergschlucht, wo tiefer
Der Terek herabstürzt im Sturm,
Stand hoch auf dem Felsen von Schiefer
Ein alter, zerfallener Thurm.

Tamára, die Königin, schaltet'
Im Thurme, haust' schrecklich darin —
Schön war sie, wie Engel, gestaltet,
Doch böse, wie Teufel, von Sinn.

Weithin durch das nächtliche Dunkel
Ein Feuer vom Thurme erblinkt,
Und lockend mit hellem Gefunkel
Den Pilger zur Nachtruhe winkt.

Und schnell war in Liebe gefangen
Wer der Königin Stimme gehört,
Wild schwoll ihm die Brust vor Verlangen,
Er war wie bezaubert, bethört.

Bethört lieh dem Klang ihrer Worte
Hirt, Kaufmann und Krieger das Ohr,
Es öffnet am Thurm sich die Pforte,
Ein schwarzer Eunuch tritt hervor.

Geschmückt wie zu glänzendem Feste,
Auf üppigem Lager, allein,
Die Königin harrt ihrer Gäste,
Vor ihr stehen Krüge mit Wein ...

Geflüster, Gekicher, Gestöhne,
Ein Pressen von Mund an Mund —
Gar seltsam unheimliche Töne
Die Nacht hindurch gaben sich kund: —

Als wären viel Männer und Frauen
Versammelt zur Hochzeit im Haus —
Und faßt sie beim Jubel ein Grauen:
Es ward ein Begräbniß daraus ...

Doch plötzlich der seltsame Reigen
Der Stimmen im Thurme zerstob,
Nacht herrschte darinnen und Schweigen,
Sobald sich der Morgen erhob.

Da heimlich zum Strom eine Leiche
Trug man aus dem Thurme herbei ...
Zum Fenster hoch schwebt eine bleiche
Gestalt her und flüstert: »Verzeih!«

Und flammten die Augen wie Sonnen,
Und klang jene Stimme so süß,
Als ob sie des Wiedersehns Wonnen,
Alle Wonnen der Liebe verhieß ...

Der Kosakin Wiegenlied.

Schlaf, mein Kindchen, ruhig liege,
  Schlaf, mein Kind, schlaf ein!
Still vom Himmel in die Wiege
  Scheint der Mond herein.
Märchen dir erzählen thu' ich,
  Singe Lieder fein;
Schließ dein Aug, und schlummre ruhig,
  Schlaf, mein Kind, schlaf ein!

Braust der Terek mit Getöse
  Trüb vom Fels in's Thal —
Der Tschetschén dort schleicht, der böse,
  Wetzt den blanken Stahl.
Ward dein Vater alt im Kriege,
  Gott wird mit ihm sein —
Schlaf, mein Liebling, ruhig liege,
  Schlaf, mein Kind, schlaf ein!

Auch du selber — einst wird's kommen —
  Mußt zum Kampf hinaus;
Wird's Gewehr zur Hand genommen,
  Reitest fort von Haus.
Näh' ich selbst mit bunter Seide,
  Dir die Decke sein . . .
Schlaf, du meine Augenweide,
  Schlaf, mein Kind, schlaf ein!

Wirst ein Ritter anzusehen,
  Doch Kosak von Herz,
Seh' ich einst dich von mir gehen,
  Winkst noch heimatwärts . . .
Bleib ich weinend dann im Stübchen
  Durch die Nacht allein! . . .
Schlaf, mein Engel, ruhig, Bübchen,
  Schlaf, mein Kind, schlaf ein!

Dein im Wachen und im Schlummer
  Denk' ich früh und spät —
Wird kein Trost mir sein im Kummer
  Als ein fromm Gebet,
Werd' ich denken: wo im Kriege
  Mag er jetzt wohl sein?
Schlaf, noch sorglos in der Wiege
  Liegst du, Kind schlaf ein!

Und ein Heiligenbild erhältst du
  Auf den Weg von mir;
Betest du zu Gott, so stellst du
  Fromm es auf vor dir;
Auch im fremden Land, im Kriege
  Denk der Mutter dein . . .
Schlaf, mein Kindchen, ruhig liege,
  Schlaf, mein Kind, schlaf ein!

—   —

Der Gefangene.

Gebt den hellen Tag mir wieder,
Oeffnet meines Kerkers Schloß!
Gebt mir mein schwarzäugig Mädchen,
Und mein schwarzgemähntes Roß!
Werde küssend, voll Verlangen,
Erst die süße Maid umfangen,
Dann auf's wilde Roß mich schmiegen,
Pfeilschnell durch die Steppe fliegen.

Eisern ist die Thür beschlagen,
Hoch des Kerkers Gitterfach —
Ferne weilt sie, der mein Klagen
Gilt, in ihrem Prunkgemach;
Und, des Sattelzeugs entkleidet,
Auf der Flur mein Rappe weidet,
Freut sich, frei umherzuspringen,
Läßt den Schweif im Winde schwingen.

Aber ich, im dumpfen Zimmer
Sitze trostlos und allein
Bei der Lampe mattem Schimmer,
Nackte Wand rings hüllt mich ein.
Durch die Thür nur hör' ich's hallen
Wie gemessner Schritte Schallen —
Draußen macht in später Stunde
Noch der Wächter Nachts die Runde.

Gebet.

In Stunden der Entmuthigung,
Wenn's gar zu trübe geht,
Giebt Trost mir und Ermuthigung
Ein wundersüß Gebet.

Sein heilig Wort so weihevoll,
So voll von Leben tönt, —
Es fühlt mein Herz sich reuevoll
Beseligt und versöhnt.

Aus meiner Brust der Zweifel scheu
Wie eine Last entweicht —
Ich wein' auf's Neu, ich glaub' auf's Neu,
Mir wird so leicht, so leicht . . .

Dankbarkeit.

Für Alles, Alles, Vater! dank' ich dir:
Für heiße Thränen, für das Gift des Kusses,
Die Qual der Leidenschaft, des Ueberbrusses —
Für Alles, was an Glut und Kraft in mir;
Für Lieb' und Haß, die beiden Unglücksschwestern,
Der Feinde Rache und der Freunde Lästern;
Für Hoffnung, Sehnsucht, unerfüllt verflogen,
Für Alles, drum das Leben mich betrogen,
Für jede schlechte, jede gute Gabe,
Für jede Freude, jede Täuschung hier,
Für Alles dank' ich — nur gieb, daß ich dir,
Nicht lange, Vater, mehr zu danken habe!

Es quält mich, es drückt mich.

Es quält mich, es drückt mich, und Keiner ist, der mich versteht,
    Ich leide und klage vergebens . . .
Und während erfolglos mich ewig Verlangen durchweht,
    Entschwinden die Jahre, die besten des Lebens.

Die Liebe? . . ihr flücht'ger Genuß ist der Mühe nicht werth,
    Und ewig zu lieben unmöglich.
Im Herzen wird bald jede Spur des Vergangnen verzehrt,
    Und Freude, wie Gram, ist hier kleinlich und kläglich.

Der Leidenschaft Toben, ob früh oder später, entflieht,
    Verstand und Zeit bringt sie zur Stummheit;
Das Leben ist, wenn man's bei kaltem Verstande besieht,
    Eine elende Posse, voll Jammer und Dummheit . . .

————

Ich bin betrübt um Dich.

Ich bin betrübt um dich,
    Weil ganz in Liebe dein;
Ich weiß: dein junges Leben,
    So blühend und so rein,
Wird dem Geflüster der
    Verläumbung nicht entgehn —
Für jeden hellen Tag
    Den beine Augen sehn,
Rächt sich an dir mit Gram
    Und Thränen das Geschick.
Ich bin betrübt um dich —
    Weil so vergnügt dein Blick!

————

O Gott! vor Fliegen uns behüte,
Vor liebescheuen Mädchen, und
Vor allzuzartem Freundschaftsbund —
Vor bösen Sieben mit großem Mund
Und mit romantischem Gemüthe!

Sie liebten sich so zärtlich.

Sie liebten sich so zärtlich
   Wohl manches liebe Jahr;
Sie litten für einander
   Und seufzten immerdar —
Doch mieden sie sich wie Feinde,
   An jedem dritten Orte
Kalt waren ihre Mienen,
   Kurz waren ihre Worte.
Sie mieden sich und litten
   In stolzem Schweigen — kaum
Daß Einem das Bild des Andern
   Einmal erschien im Traum.
Da kam der Tod — sie mußten
   Sich auch im Tode trennen,
Und konnten in jener Welt
   Sich gar nicht wiedererkennen.

Der Fels.

Eine Wolke ließ beim Glanz der Sterne
Nachts an hoher Felsenwand sich nieder,
Als der Morgen anbrach, zog sie wieder
Fröhlich fürbaß in die blaue Ferne.

Doch es blieb die feuchte Spur
Eingefurcht dem alten Felsen;
Einsam schaut er auf die Flur,
Trüb versenkt in tiefes Sinnen,
Und ein Thränenstrom entquillt
Seiner Stirn . . . .

Liebesglück.

Wenn deine Stimme mir
Schmeichelnd und klangvoll tönt,
Hüpft mir das Herz wie
Ein Vöglein im Käfig.

Schaut mich dein Auge an,
Das tiefblau erglühende,
Wie drängt meine Seele
Ihm glühend entgegen!

O welche Seligkeit!
Ich weine vor Freude,
Selig so möcht' ich dich
Drangvoll umschlingen dann.

Einer Jugendfreundin.

(Vor meiner Verbannung in den Kaukasus.)

Zum Süden muß ich, von dir scheiden,
In meines Schicksals raschem Flug,
Mit meines müden Herzens Leiden,
Mit meiner Freuden buntem Trug: —
Wirst du auch stets dem fernen Freunde
Ein Schild sein und ein fester Hort,
Vor bösen Zungen seiner Feinde,
Vor der Verläumbung giftgem Wort?

O, sei es!.. Halt in deinem Innern
Die Bilder unsrer Jugend fest,
Daß mich ein seliges Erinnern,
Daß mich die Lust nicht ganz verläßt!
Daß ich in der Verbannung sage:
Es giebt ein Herz, das treu mir blieb,
Mein Leiden ehrt und meine Klage,
Aus dem die Welt mich nicht vertrieb'

——— · ·· ——

Wandr' ich in der stillen Nacht alleine,
Durch den Nebel blitzt der Steinweg fern —
Redet Stern zum Stern im hellen Scheine,
Und die Wildniß lauscht dem Wort des Herrn.

Golden schimmernd, hinterm Felsenhange,
Dehnt des Himmels Blau sich endlos weit —
Was ist mir die Brust so schwer, so bange?
Hoff' ich Etwas — thut mir Etwas leid?

Nein! mich lockt nicht mehr der Hoffnung Schimmer,
Und Vergangenes thut mir nicht leid —
Doch ich möchte schlafen gehn auf immer,
Freiheit such' ich und Vergessenheit!

Aber nicht den kalten Schlaf der Truhe,
Nicht die Freiheit, die uns todt begräbt;
Ruhe möcht' ich — doch lebend'ge Ruhe,
Drin noch athmend meine Brust sich hebt.

Unter immergrüner Eichen Fächeln
Möcht' ich ruhen all mein Leben lang —
Vor mir schöner Augen Liebeslächeln,
Und in Schlaf gelullt von Liebessang.

Einer jungen Georgierin.

O Mädchen, weine nicht so viel
Um ihn — die Herzenswunde heile!
Er ist's nicht werth, der dich zum Spiel
Gekost — geliebt aus Langeweile!

Viel schöne, junge Männer giebt
Es hier, mit großen, schwarzen Augen,
Die mehr als der, den du geliebt, —
Mehr als die Fremden Alle taugen.

Aus fernem, fremden Lande war
Er hergeschleudert vom Geschicke —
Ruhm sucht' er hier und Kriegsgefahr,
Das fand er nicht in deinem Blicke!

Weil dich sein Gold, sein Schwur betrog,
Mein Kind, entgingst du der Gefahr nicht —
Nur deine Küsse schätzt er hoch,
Doch deine Thränen schätzt er gar nicht!

————————

Das verwaifte Blättchen.

Warb einst ein Blatt von der heimischen Eiche geschlagen,
Warb von dem Sturme zur baumleeren Steppe getragen;
Welkt' es vor Gram und vor Hitze und Kälte geschwinde,
Trugen es enblich zum Schwarzen Meere die Winde.
Sah es am Meer eine junge Platane aufsteigen,
Säuselt der Wind durch die Blätter, spielt mit den Zweigen;
Wiegten sich bunt auf den Aesten auch Vögel und sangen,
Zu der Meeresprinzessin Ruhm ihre Lieder erklangen.
Nahet das wandernde Blättchen dem blühenden Baume,
Flehet um Obbach und Schuß in dem schattigen Raume,
Spricht es: »Ich bin das verwaifte Blatt einer Eiche,
Bin vom Sturme entrissen der Heimat rauhem Bereiche;
Ziellos flog ich umher so im enblosen Kummer,
Konnte nicht Obbach finden, nicht Nahrung noch Schlummer,
Bin schon verwelkt ganz im rauhen Sturme und Wetter,
Nimm mich auf zu der Zahl deiner smaragdenen Blätter!
Will dir's vergelten, erlösest du mich meiner Plagen,
Kenne viel Wundergeschichten, und spruchweise Sagen...«
— »Hebe dich weg!« — sprach der Baum — »du bist von
den Wettern
Mürbe und well, gleichst nicht meinen übrigen Blättern. —
Ob du auch Vieles gesehn: was soll ich mit deinem Erzählen?
Muß mich genug mit dem Singsang der Vögel schon quälen...
Hebe dich weg — bei mir wirst du umsonst dich bemühen!
Ich bin der Liebling der Sonne — nur ihr gilt mein Blühen;
Stolz ist mein Haupt empor zum Himmel gebogen,
Meine Wurzeln waschen des Meeres dienstbare Wogen.«

Die Meeresprinzessin.

Der Königssohn badet den Rappen im Meer,
Klingt es: »O Königssohn, sieh auf mich her!«

Das Roß hebt die Augen in funkelnder Glut,
Schwingt sich in Kreisen hinweg mit der Flut.

»Willst du, so komm' auf die Nacht zu mir her!
Ich bin die Prinzessin!« — so klingt's aus dem Meer.

Sieh, da schimmert ein Arm hervor aus dem Schaum,
Greift mit der Hand nach dem seidenen Zaum.

Sieh, auch ein jugendlich Köpfchen taucht auf,
Haare wie Flossen, mit Meergras darauf.

Flammen zwei Augen in tiefblauer Glut,
Strahlt wie von Perlen der Hals von der Flut.

Dachte der Königssohn: »wart', schönes Kind!«
Greift mit der Hand nach der Flosse geschwind.

War auch das Bitten und Wehklagen groß:
Fest hielt er, ließ seine Beute nicht los —

Schwimmt mit ihr zum Ufer trotz ihrem Geschrei,
Da ruft er laut seine Gefährten herbei:

»Herbei, Ihr Gesellen! kommt allesammt her:
Seht, was ich gefangen im blauen Meer!«

»Kommt! warum bleibt Ihr so bange dort stehn!
Habt Ihr wohl je solche Schöne gesehn?«

Sah sich, so redend, der Königsohn um,
Starr ward der Blick, und die Zunge ward stumm:

Sah, wie das Wunder des Meeres sich wand
Mit grünlichem Schweife auf goldenem Sand.

Sah, wie der Schweif matt sich ringelt und streckt,
Ganz wie bei Schlangen mit Schuppen bedeckt.

Von perlendem Schaume die Stirn überfloß,
Trübe das Aug', wie zum Tode, sich schloß.

Seltsam Gemurmel und Klagen — die Hand
Wühlet und scharrt in dem goldenen Sand.

Fort eilt der Königsohn, finster, allein,
Eingedenk wird er des Meerkindes sein!

Im Frühling, wenn das Eis zerschellt,
Und, wo der Schnee die Erde bleicht,
Schon streckenweise auf dem Feld
Sich nackte, schwarze Erde zeigt,
Und Wolken in der Luft sich wiegen,
Verdunkelnd auf den Feldern liegen:
Schleicht in die unruhvolle Brust
Sich oft ein trübes Sinnen ein —
Ich seh', in neuer Jugendlust
Ersteht die Welt, — doch sie allein!
Nur Einmal blühen uns die Wangen,
Dann altern welkend unsre Glieder,
Und das Vergangne bleibt vergangen!
Doch, stieg' ein Engel zu mir nieder,
Und spräche tröstend: laß dein Grämen,
Ich gebe dir die Jugend wieder! —
Ich möchte sie nicht wiedernehmen,
Erhielt ich mit der Jugend Glück
Auch meiner Jugend Leid zurück!

———————

Der Prophet. *)

Seit mir vom ewigen Geschick
Gegeben ward prophetisch Wesen,
Konnt' ich in jedem Menschenblick
Das Laster und die Bosheit lesen.

Durch That und Wort der Tugend dann
Wollt' ich die Welt vom Bösen reinigen,
Doch meine Nächsten huben an
Zu zürnen mir und mich zu steinigen.

Ich streute Asche auf mein Haupt,
Entfloh den Städten weit, und büßte, —
Jetzt leb' ich, alles Guts beraubt,
Gleichwie ein Vogel in der Wüste.

Mir, nach des Ew'gen Rathschluß, dort
Beugt sich die Kreatur der Erde —
Die Sterne horchen meinem Wort
Mit freudestrahlender Geberde.

Doch wenn ich jetzt noch dann und wann
Zur Vaterstadt die Schritte richte,
So hebt der Greis zum Kinde an,
Mit selbstzufriedenem Gesichte:

»Seht: Euch ein Beispiel sei der Thor!
Wie stolz er that mit seiner Kunde,
Und thöricht spiegelt' er uns vor,
Es rede Gott aus seinem Munde!

Seht seine hagere Gestalt,
Sein Antlitz, ganz entstellt von Leiden,
Seht Kinder, wie jetzt Jung und Alt
Ihn voll Verachtung scheun und meiden!«

Das Stelldichein. ⁶)

I.

Schon hinterm Berg, dem blühenden,
    Das Abendroth verschwand,
Den Quell nur noch, den glühenden,
    Sieht man am Bergesrand;
Und Wohlgerüche steigen rings
    Aus Tiflis' Gartenpracht;
Es liegt die Stadt in Schweigen rings,
    In Rauch gehüllt und Nacht.
In bösen Träumen winden sich
    Die Menschen voller Pein,
Und gute Engel finden sich
    Bei guten, Kindern ein.

II.

Hoch, wo die alte mächtige
    Bergveste drohend steht,
Und über mir die prächtige
    Platane Kühlung weht, —
Lieg' ich allein und wiege mich
    In Liebesträume ein —
O komm, mein Kind, umschmiege mich,
    O komm, ich bin allein!
Ein Stelldichein, ein minniges,
    Sagt'st du mir gestern zu:
Dein wart' ich, du herzinniges,
    Geliebtes Mädchen du!

III.

Die Brückenlichter funkeln klein
   Vom Strome bleich und matt,
Und Thürme stehn in dunkeln Reihn,
   Wie Wächter, in der Stadt.
Klar durch das nächtge Grauen sieht
   Mein Aug', wie eine Schaar
Schneeweißverhüllter Frauen zieht
   Vom Bade Paar und Paar;
Ich seh' sie langsam feierlich
   Entlang die Straße gehn,
Doch kann ich durch den Schleier dich,
   Mein Mädchen, nicht ersehn!

IV.

Dort fern kann ich im Dunkeln sehn
   Dein Haus mit plattem Dach,
Draus auch den Lichtschein funkeln sehn
   Im Strome, matt und schwach —
Im Epheu grünt's, im rankenden,
   Von Oben bis zum Fuß,
Und badet sich im schwankenden
   Gewog des Kyrosfluß.
Ich seh' bei deinem Zimmer dicht
   Die hohe Pappel stehn,
Doch kann ich gar den Schimmer nicht
   Von deinem Lämpchen sehn!

V.

Ich zerre in Verdrossenheit
    Am Teppich, drauf ich ruh',
Mein Aug' in Unentschlossenheit
    Schweift wartend ab und zu:
Späht nach dem schönen Kinde fern,
    Mein Herz wird trüb und schwer ...
Da blasen kalte Winde fern
    Aus Osten feucht einher.
Das Schneegebirg steckt Fahnen aus
    Von weißen Nebeln dort —
Hier ziehen Karawanen aus
    Der Stadt, nach fernem Ort ...

VI.

Dort! feuchtet nicht die Wange mehr,
    Schmachvolle Thränen, fort!
Nicht lange, glatte Schlange, mehr
    Täuscht mich dein falsches Wort!
Der klirrend von der Brücke ritt,
    Der stürmische Tatar,
Zu dir, zu meinem Glücke ritt —
    Jetzt wird mir Alles klar!
Solch stattliche Geberde hat
    Auch sicher goldnen Kern,
Und schöne Perserpferde hat
    Dein Vater gar zu gern!

VII.

Die lange Flinte hänge ich
　　Auf mich und eile fort,
Wo steil in Felsenenge sich
　　Der Pfad hinabzieht dort —
Wo ich ihn sicher reichen kann
　　Mit meinem guten Rohr,
Wo er mir nicht entweichen kann,
　　Tritt er vom Haus hervor.
Umsonst in mir bewegt es sich
　　So wild — ich seh' ihn nicht,
Und müde ... horch! da regt es sich ...
　　Du bist es, Bösewicht! ...

Lermontoff's Klagegesang

am Grabe Alexander Puschkin's.[7])

(Beim Tode des Dichters, 1837.)

Mein Zar! ich werfe mich vor Deine Füße,
Um Rache fleh' ich, Rache für den Dichter —
Gieb, daß der Mörder sein Verbrechen büße,
Erhöre mich, sei ein gerechter Richter!
Räche den Dichter, straf' die Schlechtigkeit,
Schleudre den Blitz aus Deiner Zorneswolle,
Ein ewig leuchtend Denkmal allem Volke
Von Deiner sühnenden Gerechtigkeit!

Der Dichter wollte seine Ehre rächen,
Die er durch giftges Wort verletzt geglaubt,
Da traf ihn selbst das Blei, sein Herz zu brechen,
Zu beugen sein gewaltig Haupt,
Das zeugende, gedankenschwere.
O, warum mußt' auch er ein Sklav der Ehre,
Der Weise mit den Thoren sein!
Es spritzt' ihr Gift auf ihn die fremde Schlange,
Nun klagt ein Volk ob seinem Untergange,
Er starb, wie er gelebt — allein . . .

Er starb, noch in der Blüthe seines Lebens, —
Laßt um den Todten Euer Klaggeschrei:
Das Loben, Tadeln, Weinen ist vergebens,
Er hört es nicht, — es ist mit ihm vorbei!

Und ob er recht gethan, ob er gefehlt,
Daß er der falschen Schattenehre Bahn,
Die jedem hohlen Gecken aufgethan,
Zur Sühne der Verläumdung sich erwählt:
Das Schicksal hat die Rechnung abgeschlossen,
Des Dichters Herzblut ist dafür vergossen!

Man griff ihn an wo er am weichsten war,
Griff ihn bei seines Weibes Liebe an
Und machte ihn zu ihrer Ehre Richter; —
Er starb wie er gelebt — ein Mann.
Arm ward das Volk wo es am reichsten war:
Man nahm ihm seinen größten Dichter!

Und manche jetzt frohlocken, daß er fiel,
Und rühmen gar den Mörder, der sein Ziel
So gut getroffen, und im kalten Muthe,
Fest, ohne Zittern, thal den Mörderschuß,
Der unser Land geröthet mit dem Blute
Des liebereichen Genius . . .

Ein leeres Herz schlägt stets in gleichen Schlägen;
Was sollte auch des Mörders Herz bewegen?
Ein Abenteurer kam er aus der Ferne,
Er nahm kein Herz mit sich, ließ keins zurück —
Rang sucht' er bei uns, Titel, Ordenssterne,
Denn unverständlich war ihm andres Glück.
Er fand was er gesucht in unsrer Mitte,
Er fand bei uns ein zweites Vaterland —
Sein Dank war: daß er sonst auf jedem Schritte
Was ihm begegnete, verächtlich fand.
Fremd blieb er unsrer Sprache, unsrer Sitte,
Das Volk war ihm ein Gegenstand des Hohnes,
Er suchte keine Gunst als die des Thrones.

Der für die eigne Heimat ohne Herz
Und Liebe, ward nicht anders anderwärts,
Ihm war das Freundesbach kein Heiligthum;
Er mochte zu der Unschuld Thränen lachen,
Des Gatten Herz in Eifersucht entfachen:
Kalt mocht' er auch mit frechen Händen
Ein reiches Dichterleben enden,
Das seines Volkes Stolz und Ruhm.

Weh', daß der Sänger dieser Schlange traute,
Die ihn aus seinem Paradies vertrieb —
Daß er den Teufel nicht durchschaute,
Dem er sich arglos selbst verschrieb!

Er, dem im Leben Keiner mochte gleichen,
Liegt kalt nun, eine Leiche unter Leichen.
Der in so lebenswahren Zügen
Des Menschenherzens Tiefen uns gezeigt,
Wie mochte ihn ein schlechter Geck betrügen,
Dem er vertrauensvoll die Hand gereicht!

Durst' er doch frühe schon den Lorbeerkranz
Nicht von der Dornenkrone trennen,
Und lernte mit der falschen Ehre Glanz
Die ganze Hohlheit dieser Ehre kennen . . .
Was brauchte er sich um die Welt zu kümmern,
Ob sie auch tausendfach ihn angeklagt!
Nun liegt ein Tempel des Gesangs in Trümmern,
Blos weil ein giftger Wurm daran genagt!
Verstummt sind unsers Dichters hohe Lieder,
Und wie er sang, singt nach ihm Keiner wieder.

Mein Zar! ich werfe mich vor Deine Füße,
Um Rache fleh' ich, Rache für den Dichter;

Gieb, daß der Mörder sein Verbrechen büße,
Erhöre mich, sei ein gerechter Richter!

Straf' das Verbrechen, halt' ein streng Gericht,
Dein starker Fuß: die Schlangenbrut zertret' er,
Damit nachwachsende Geschlechter nicht
Wehklagen ob der Feigheit ihrer Väter —
Und nicht, die unser Heiligstes verletzen,
Sich bergen hinter schützenden Gesetzen!

Leicht mag die Katze eine Nachtigall
Zerfleischen mit der schleichend-scharfen Tatze,
Doch ihrer Stimme wonnevollen Schall
Ersetzt uns nicht das glatte Fell der Katze!

Was kümmert uns das Truggesetz der Ehre,
Was uns der fremden Abenteurer Muth?
Leicht machten sie des Dichters Herzblut fließen,
Doch unausfüllbar bleibt uns diese Leere,
Kein andres Blut ersetzt uns dieses Blut,
Und keine Kunst mag diese Wunde schließen . . .

Es lebt ein ewiger, gerechter Richter,
Der wird, wenn wir die Missethat nicht rächen,
Auf unser Flehn in seinem Zorne sprechen:
Versiegen soll die Quelle Eurer Lieder!
Ihr wußtet nicht zu ehren Euren Dichter,
Zum zweiten Mal send' ich Euch keinen wieder!

Der Streit.

War im Kankasus ein Streiten,
   Daß es weithin scholl —
Der Kasbek und Schatt*) entzweiten
   Sich in lautem Groll.

Zum Kasbéke hub der graue
   Schattberg warnend an:
» Machte nicht umsonst der schlaue
   Mensch dich unterthan!

Rauch'ge Hütten wird er gründen
   An der Berge Hang,
Bald in deinen tiefen Schlünden
   Schallt des Veiles Klang.

Und die Eisenschaufel schwingend,
   In die Brust von Stein
Haut er, Erz und Gold erringend,
   Seinen Schreckpfad ein.

Karawanen überwogen
   Deine Höhen schon,
Wo nur luftge Wolken zogen,
   Wo des Adlers Thron.

*) Schatt: — Elborus.

Ragſt du jetzt auch ſtolz und prächtig,
  Bald wird ſchwer dein Stand,
Hüte dich! dir volkreich, mächtig
  Droht das Morgenland!«

— Dorther drohn mir nicht Gefahren!
  Nahm Kasbék das Wort —
Tief, ſchon ſeit achthundert Jahren,
  Schläft die Menſchheit dort!

Schau: im Schatten ſeiner Haine
  Der Gruſin ſich ſtreckt,
Daß der Schaum vom ſüßen Weine
  Sein Gewand beleckt.

Wo zum perlenden Kalljane
  Hoch der Springquell ſchäumt,
Auf dem ſchwellenden Diwane
  Träg der Perſer träumt.

Hoch von Zions Bergesmauern
  Bis zum Meeresſtrand,
Dehnt, von Gott verbrannt, in Trauern
  Sich ein todtes Land.

Weiter rollt der Nil, der gelbe,
  Ewig ſchattenleer,
Um der Kön'ge Grabgewölbe
  Glüh'nde Stufen her.

Und der Beduin, vom Jagen
  Müd, im Zelte ruht,
Singt ein Lied aus alten Tagen,
  Schaut der Sterne Glut.

Rings, zur Linken und zur Rechten,
  Liegt es müd und todt —
Von des Morgenlandes Mächten
  Droht mir keine Noth! —

»Preis' zu frühe dein Geschick nicht,
  Nahm der Schatt das Wort;
Trübt der Osten deinen Blick nicht:
  Schaue hin zum Nord!«

Still ist bei dem Wort geworden,
  Trübe wird von Sinn
Der Kasbek, — zum fernen Norden
  Starrt er schweigend hin;

Starrt in ahnungsbanger Regung,
  Starret stumm und lang,
Sieht dort seltsame Bewegung,
  Hört Geräusch und Klang:

Von der Donau bis zum Ural
  Blitzt es, wogt's einher,
Ueberzieht es Feld und Flur all
  Wie ein Völkermeer.

Drängt es bunt aus Staub und Qualme
  Sich hervor aus Licht,
Schwanken weiß, wie Steppenhalme,
  Federbüsche dicht.

Hinter stürmischen Ulanen
  Schaaren Fußvolk ziehn,
Glimmen Lunten, flattern Fahnen,
  Rasseln Batterien.

Kriegerische Bataillone
Nahn in dichten Reihn,
Zu dem Knarren der Kanone
Fällt die Trommel ein.

Und ein sturmerprobter Streiter
Führt das Heer ins Feld;
Zürnend mit den Augen dräut der
Greise Kriegesheld.

Massenhaft sich stets erneuend
Zieht's gewitterschwer,
Wie ein Bergstrom lärmend, dräuend
Nach dem Osten her.

Der Kasbek, den Heerbann zählen,
Der unzählbar war,
Wollt' er: — länger nicht verhehlen
Konnt' er die Gefahr.

Sah noch einmal bang, voll Grauen
Seine Berge an,
Zog die Mütze auf die Brauen,
Und schwieg ewig dann.

—

Sehnsucht.

Mürbe welten meine Glieder
In der feuchten Kerkergruft,
Gebt mein treues Roß mir wieder,
Gebt mir freie, frische Luft!
Mit dem Rosse will ich traben
Ueber Flur und Felsenrück,
Springen über Schlucht und Graben, —
Freiheit, Freiheit will ich haben,
Und ich schenk' euch euer Glück!

Bald, im Traum, frei auf den Wellen
Wieg' ich mich im leichten Boot,
Ueber mir die Segel schwellen,
Unter mir die Tiefe droht;
Welch ein herzerhebend Fühlen,
Frei zu schwimmen durch die Flut,
Wenn im Meer die Stürme wühlen,
Meine heiße Stirne kühlen,
Und des Herzens wilde Glut!

Bald, im Traum, im hohen Schlosse
Wohn' ich schattenkühl im Wald,
Rings von blumigem Gesprosse
Wogt es, blüht es mannigfalt,
In den weißen Marmorhallen
Perlt der Springquell silberrein —
Seh ihn träumend steigen, fallen,
Und sein Plätschern, Murmeln, Schallen,
Weckt mich auf und wiegt mich ein.

Laßt mich leben, statt zu träumen,
Streift die Fesseln von mir ab,
Laßt die Zeit mich nicht versäumen
Die mir Gott zur Arbeit gab.
Stark fühl' ich's in mir sich regen,
Doch der Schmerz der Fessel droht
Mir bei jeglichem Bewegen,
Und zum Fluch wird mir der Segen,
Und das Leben mir zum Tod!

Mürbe welken meine Glieder
In der feuchten Kerkergruft,
Gebt mein treues Roß mir wieder,
Gebt mir freie, frische Luft!
Mit dem Rosse will ich traben
Ueber Flur und Felsenrück,
Springen über Schlucht und Graben —
Freiheit, Freiheit will ich haben,
Und ich schenk' euch euer Glück!

————————

Denkst du des Tags noch, wo wir beiden
In später Stunde mußten scheiden?
Der Nachtschuß krachte über's Meer,
Wir drückten schweigend uns die Hände,
Der schöne Tag ging trüb zu Ende,
Und Nebel zogen feucht einher.
Und wie der Schuß fiel, war's als riefe
Ein Echo aus des Meeres Tiefe.

Jetzt wandl' ich oft am Meere einsam,
Und wenn ein Schuß vom Schiffe kracht,
Denk' ich in Schmerz, wie wir gemeinsam
Gewandelt in der Abschiedsnacht;
Und hör' ich des Geschützes Knallen
Dumpf aus dem Meere wiederhallen:
So ist es immer mir als riefe
Der Tod mich in die dunkle Tiefe.

Der Dolch.

Ich lieb es, deinen kalten Glanz zu sehn,
Mein Dolch, mein Kampfgenoß, mein treuer Diener!
Zum wilden Kampfe schliff dich der Tschetschen,
Dich schmiedete zur Rache der Grusiner!

Es schenkte eine Lilienhand dich mir,
Als mich ihr Arm zum Letztenmal umschlossen,
Und — statt des Bluts — zum Erstenmal auf dir
Um mich geweinte Thränenperlen flossen.

Ihr schwarzes Auge in der Schmerzensflut
Bald trüb sich schloß, bald bleudend funkelte:
Gleichwie dein Eisen bei des Feuers Glut
Bald Blitze warf, bald sich verdunkelte.

Zum Pfande treuer Liebe weihte mir
Ihr Auge dich, das thränenfeucht verklärte:
Drum liebend ewig treu sein will ich ihr,
Ja, fest wie du, mein eiserner Gefährte!

Das Schiff.

Einsam auf blauer Wasserwüste
Ein segelweißes Schiff sich wiegt,
Was trieb es fort von heim'scher Küste,
Daß es zu fremden Landen fliegt?

Ihm schnaubt die Flut, der Sturm entgegen,
Bald kracht es vorwärts, bald zurück —
Es sucht kein Glück auf fremden Wegen,
Ließ in der Heimat auch kein Glück.

Die Wasser unter ihm sich thürmen,
Durch Wolken sieht die Sonne zu,
Es läßt sich schaukeln von den Stürmen,
Als fänd' es in den Stürmen Ruh.

Mein Vaterland.

Wohl hab' ich Liebe für mein Vaterland,
Doch Liebe eigner Art, die zu bemeistern
Nicht mehr vermag der prüfende Verstand.
Für Barbarei kann ich mich nicht begeistern,
Nicht in der Jetztzeit, nicht im Alterthum.
Ich liebe nicht den bluterkauften Ruhm,
Ich liebe nicht die stolze Zuversicht
Die sich auf Bajonette stützt — auch nicht
Den Heilgenschein des Ruhms aus alten Tagen,
Davon die Lieder melden und die Sagen.

Doch seh' ich gern, — weiß selbst nicht recht warum —
Der endlos wüsten Steppen kaltes Schweigen,
Wenn welk die Halme sich zur Erde neigen
Und nichts erschallt als Zwitschern und Gesumm.
Gern hör' ich auch der Wälder nächtig Rauschen,
Mag gern dem Wellgetös der Ströme lauschen,
Wenn sie im Frühling eisesfrei umher
Die Lande überschwemmen wie ein Meer.

Ich lieb' es auch, durch Dorf und Feld zu jagen,
Den Weg zu suchen durch das nächt'ge Dunkel,
Wo Keiner Antwort giebt auf meine Fragen
Als ferner Hütten zitterndes Gefunkel.
Den Stoppelbrand der Felder seh' ich gerne,
Die weißen Birken an der Flüsse Borden,
Die Karawanenzüge aus der Ferne
Der wandernden Nomadenherden.

Mit einer Freude die nicht Alle kennen,
Seh' ich im Herbst die korngefüllten Tennen,
Das Bauernhaus mit strohbedecktem Dache,
Geschnitzten Läden vor dem Fensterfache.
Und Sonntags gern in träumerischer Ruh
Seh' ich dem Lärm betrunkner' Bauern zu,
Wenn stampfend sie im Tanz die Schritte messen,
In Lust und Lärm der Woche Qual vergessen.

Duma.

(Betrachtung.)

In Trauern blick' ich hin auf das Geschlecht von heute,
Wie es die künstlich-frühe Reife büßt,
Früh schon des Zweifels, der Erkenntniß Beute,
In eine Zukunft schaut, die dunkel oder wüst.

Zum Guten wie zum Bösen sind wir träg',
Altkluge Kinder mit des Alters Schwächen,
Kaum aus der Wiege, haben wir schon viel
Von unsrer Väter Weisheit und Gebrechen,
Ermüdet uns das Leben wie ein Weg,
Der endlos-eben fortläuft ohne Ziel —
Ermüdet uns gleich einem fremden Feste,
Dem wir zuschauen, theilnahmslose Gäste:
Wir wollen fremdgereifte Früchte pflücken,
Und ohne Kampf soll uns der Sieg beglücken.

Wir selbst sind gleich der Frucht, die ungereift
Vor ihrer Zeit vom Baume abgestreift,
Und fallend zwischen Blumen hängen bleibt,
Nicht den Geschmack erfreuend, nicht den Blick —
Und kommt die Zeit wo Alles blüht und treibt,
Trifft sie nur der Verwesung früh Geschick.

Verdorrt ist unser Geist von unfruchtbarer Kenntniß,
Feig übertäuben wir in trauriger Verblendniß
Was laut zum Bessern mahnend in uns spricht.
Wo es das Gute gilt, sind wir am trägsten,
Wir haben Heuchlerlarven für den Nächsten,
Und für uns selbst den Muth der Wahrheit nicht!

Wir haben nicht die Kraft der Leidenschaft,
Und auch nicht der Entsagung Willenskraft.
Feig fürchten wir die Menschen mehr als Gott,
Und weniger die Sünde, als den Spott.

Kaum nippten wir am Becher des Genusses,
Und schon ist unsre junge Kraft verflogen,
Wir haben aller Lust, aus Furcht des Ueberdrusses,
Für immer schon den besten Saft entsogen.

Kalt, ungerührt läßt uns das wahrhaft Schöne,
Der Dichtung Träume und der Kunst Gestalten,
Und des Gesanges weihevolle Töne
Sind für uns nicht ein Quell der Seligkeit.
Wir suchen ängstlich in uns festzuhalten
Die Reste des Gefühls vergangner Zeit.

Das Gute keimt in unsrer Brust vergebens,
Früh streift sich von uns ab der Blüthenstaub des Lebens;
Wir bergen unsre Gaben nutzlos, still,
Und lieben, hassen, wie's der Zufall will.
Kalt bleibt die Seele, das Gemüth,
Derweil das Blut in unsern Adern glüht.

Wir lächeln ob der Väter derber Lust,
Sehn spöttelnd in die alte Zeit zurück,
Derweil wir selbst uns keines Ziels bewußt,
Zum Grabe eilen ohne Ruhm und Glück.

So leben, sterben wir, geräuschlos, unbewundert,
Und spurlos durch die Welt eilt unser Fuß,
Kein zeugender Gedanke bleibt von uns dem Jahrhundert,
Kein Denkmal eines Genius.

Und unser Staub wird von der Nachwelt einst geschändet
Durch Epitaphe voll gerechten Hohnes,
Der Zornes-Ausdruck des betrognen Sohnes,
Daß ihm der Vater alles Gut verschwendet.

An A. O. Smirnoff.

Fern habe ich dir immer viel zu sagen,
Bin ich bei dir, möcht' ich dich immer hören —
Dein ernstes Schweigen kann ich nicht ertragen,
Und wag' es schweigend doch auch nicht zu stören.

Was soll ich thun? nie wird dein kluges Ohr
Sich meinem ungeschulten Wort bequemen —
Es käme wirklich mir zum Lachen vor,
Müßt' ich mich nicht darüber schämen!

Ein Testament.

Ich wollte leben in der Welt,
Bruder, mit dir allein,
Doch wird noch — sagt man — in der Welt
Nur kurz mein Leben sein!
Treibt bald nach Haus dich dein Geschick,
Liegt schon mein Leib in Trümmern,
So sieh ... doch glaub' ich, mein Geschick
Wird Wenige bekümmern.

Wenn aber Jemand — wer's auch sei! —
Verlangt nach meiner Kunde,

Sag' ihm, mich traf ein tödtlich Blei,
Daß an der schweren Wunde
Ich starb für meinen Zaren,
Was sehr den Tod versüße, —
Daß schlecht die Aerzte waren,
Und ich die Heimat grüße.

Die Eltern sind wohl lange schon
In's feuchte Grab gesenkt,
In Reue fühlt der ferne Sohn
Wie oft er sie gekränkt;
Doch triffst du sie im Leben gar
Noch an auf deinem Wege,
So sprich: wohl oft zum Schreiben war
Der ferne Sohn zu träge.

Bald war er träg', bald mußt' er auch
Hinweg mit den Standarten —
Es war beim Heere niemals Brauch
Auf euren Sohn zu warten —
Doch hat er oft wohl in der Schlacht,
Im Kampfgewühl und Feuer,
Der fernen Eltern treu gedacht,
Er hielt sie lieb und theuer!

Sie hatten eine Nachbarin,
Du denkst wohl ihrer noch —
Und kommt's ihr auch nicht in den Sinn
Nach mir zu fragen — doch
Sag' Alles was du weißt von mir,
Gesteh' ihr's frei und ehrlich —
Entlockt es auch viel Thränen ihr ...
Es ist nicht sehr gefährlich!

Der Gräfin Raßopilchin.

Ich glaube, Freundin, daß wir Beiden
Sind unter Einem Stern geboren —
Geplagt hat uns dasselbe Leiden,
Dasselbe Träumen uns verloren! . . .
Ich konnte meine Glut nicht dämpfen,
Ward früh dem edlen Ziel entrückt,
Vergaß in unfruchtbaren Kämpfen
Was in der Jugend mich entzückt.
In ew'ger Trennung banger Ahnung
Fürcht' ich, das Herz mir zu befrein,
Fürcht' ich, der trügerischen Mahnung
Des Wiedersehns mein Ohr zu leihn.

So läßt der Zufall wohl zwei Wellen
Im Südwind eine bei der andern
Hinab zum fernen Meere wandern —
Da plötzlich in dem Lauf, dem schnellen,
Streckt sich dem Wellenpaar entgegen
Ein Stein, es trennend auf den Wegen . . .
Und sie, die beide lang gemeinsam
Gewandelt, tragen trüb und einsam
Zum Ufer jetzt ihr kaltes Leib,
Verschwimmen in dem Flutgetriebe
Jetzt ohne Mitleid, ohne Liebe,
Mit ihrer ew'gen Zärtlichkeit,
Mit ihrem Murmeln, ihrem Schäumen,
Und ihres Lebens bunten Träumen.

Russalka.
(Die Wassermaid.)

Die Wassermaid schwamm auf der tiefblauen Flut
   In des Vollmonds silberner Glut;
Und es flattert ihr Haar und sie schwingt sich im Tanz
   Daß es schimmert in schneeigem Glanz.

Und es krümmt sich der Strom und er bäumt sich und schwillt,
   Drin erzittert der Wolken Gebild.
Da sang die Russalka — es scholl ihr Gesang
   Das Gestade, das steile, entlang.

Und sang die Russalka: »auf dämmerndem Grund
   Da fühlt sich mein Herz so gesund;
Von goldenen Fischlein dort wogt's überall,
   Dort sind Städte von eitel Kryftall.

Auf schwellendem Kissen dort schlummert im Sand
   Ein Krieger aus wildfremdem Land,
Dort schläft er, den neidischen Wellen zum Raub,
   Darüber prangt schattiges Laub.

Wir küssen ihn oft und wir lösen zur Nacht
   Des seidenen Lockenhaars Pracht.
Wir umschlingen ihn wild in der Mittagsglut,
   Doch kalt ist des Schlummernden Blut.

Und wie wir ihn küssen, kalt bleibt er und stumm,
    Nichts rührt ihn, ich weiß nicht warum —
Er athmet nicht, drück' ich ihn warm an die Brust,
    Ihn weckt keine liebende Luft.«

So scholl der Gesang der Wassermaid bang
    Die Ufer, die steilen, entlang;
Und es krümmt sich der Strom und wogt und schwillt,
    Drin zittert der Wolken Bild.

Journalist, Leser und Dichter.

Les poëtes ressemblent aux ours, qui
se nourrissent en suçant leur patte.
Inédit.

Zimmer des Dichters mit herabgelassenen Fenstervorhängen. Er sitzt
in einem großen Lehnstuhl am Kamin. Den Rücken an den Kamin
gelehnt steht vor dem Dichter der Leser mit einer Cigarre in der
Hand. Der Journalist tritt ein.

Journalist.

Es freut mich sehr Sie krank zu sehen:
Im Lärm der Welt, im Staub des Lebens
Bestrebt der Dichter sich vergebens
Den gottgebahnten Weg zu gehen.
Schnell wechseln hier dem hast'gen Wandrer
Eindrücke, Bilder mannigfalt —
Er wird der Laune Opfer bald,
Ein Opfer bald der Meinung Andrer.
Er kann in Sorge und in Eile
An Allem nur vorüberstreifen,
Wie mag in ihm, der Kunst zum Heile,
Da eine ächte Schöpfung reifen?
Drum soll er es dem Himmel danken,
Wird er bestraft durch die Verbannung,
Oder begnadigt zum Gefängniß,
Oder läßt ihn der Herr erkranken.
Das Unglück treibt ihn zur Ermannung,
Zum Segen wird ihm die Bedrängniß,
Und neuer Stoff blüht den Gedanken.

In Liedern tönt sich aus sein Kummer,
Es tritt durch Leiden an den Tag
Was sonst vielleicht in ew'gem Schlummer
In seines Herzens Tiefe lag.
Der Dichter gar verliebt sich häufig
In seinen eignen Schmerz und Gram,
Wenn — was er tief gefühlt — geläufig
In Reim und Vers zu Tage kam.
Zur Perle sich krystallisirt
In schöner Fassung des Gedichts
Die Thräne, die sein Gram gebiert,
Und Freude blüht ihm aus dem Leid —
Was haben Sie in letzter Zeit
Für mein Journal geschrieben?

Dichter.

Nichts!

Journalist.

Unmöglich!

Dichter.

Nun, was sollt' ich schreiben?
Es ist der Osten wie der Süden
Besungen längst nach jeder Richtung —
Da kann mein Kiel in Ruhe bleiben.
Man schwärmt jetzt für die Lebensmüden,
Im Leben selbst wie in der Dichtung.
Die Dichter schmäh'n den großen Haufen,
Und rühmen die gewählten Kreise;
Die Wahrheit will man nicht mehr kaufen,
Und wer sie sagt — der sagt sie leise.
Mit hohlen Ruhmesphrasen prahlt man,
Macht Zuckerwaare für den Theetisch,
Schwindsüchtige Gestalten malt man,
Denn Mark und Blut ist nicht poetisch.

Ein Jüngling, der nichts nutz auf Erden,
Beginnt sich lyrisch zu verhimmeln,
Der Liebsten Tugend und Geberden
In süßen Reimen abzubimmeln.
Man staunt, bewundert sein Talent,
Doch ach! bald hat es ausgefleunt,
Und früh beginnt es zu verschimmeln...
Für die Gesellschaft taug' ich nicht,
Denn and'rer Art ist mein Gedicht.

Leser.

Verehrter, seien Sie nicht stutzig
Wenn ich ein Wort der Wahrheit sage,
Es gilt mein Wort für viele Leute —
Gar oft schon macht' ich mir wie heute
Die Hand an Ihrem Blatte schmutzig,
Und sehr gerecht ist meine Klage:
Wer nimmt zum Druck für ein Journal
So graues Löschpapier wie Sie?
Druckfehler wimmeln ohne Zahl
Darin — und nun die Poesie:
Welch leeres Zeug kommt da hinein!
Schlecht von Gehalt und von Gestalt,
Das macht nicht warm und macht nicht kalt,
Man schläft bei jeder Seite ein.
Und gar die Prosa: Uebersetzung
Modernen, fremden Unverstandes,
Oder Verhöhnung, Unterschätzung
Der Sitten unsres Heimatlandes.
Denn wo man hier von angestammten
Gebräuchen dichtet und erzählt,
Wird alles Gute stets verhehlt,
Wird Moskau, werden die Beamten
Zum Ziele nur des Spott's erwählt.

Man sucht den Witz in frechem Hohn,
Zeigt solchen Witz in jedem Satze,
Malt, ohne Ansehn der Person,
Jedwedes heim'sche Bild als Fratze.
Und, malte man in wahren Zügen,
Und schriebe Wahrheit statt der Lügen:
Es wäre doch nicht stets am Platze!
Jetzt sieht der Dichter und Erzähler
In uns nur Laster, Schlacken, Fehler!
Mag man auch streng sein im Gerichte,
Nur muß man hübsch die Augen schärfen,
Des Trugs und Luges sich entwinden,
Die fremde Maske von sich werfen,
So wird zum Sinne im Gedichte
Sich auch der rechte Ausdruck finden . . .

Journalist.

Ich sehe mit demselben Blick
Wie Sie auf unser Dichtungswesen —
Belieben Sie nur die Kritik
In meinem letzten Blatt zu lesen!

Leser.

Ich kenne sie. Es ist den Leuten
Da auch kein reiner Wein geschenkt,
Man hört die Glocke darin läuten,
Und sieht den Thurm nicht wo sie hängt.
Sie tadeln hier die falsche Wendung,
Und dort die mangelhafte Endung
Die sich gestattet der Poet;
Sie machen halbverschämte Witze,
Erkünstelte Gedankenblitze,
Feinheiten die kein Mensch versteht —
Doch von der Dichtung Kern und Wesen

Ist hier mit keinem Wort zu lesen.
Und — mit Erlaubniß, meine Herrn,
Sei es gesagt! — so sind Sie Alle!
Der glatten Schale fehlt der Kern,
Es fehlt der Dinte selbst die Galle.

Journalist.

Ich fühle ganz wie wahr Sie reden,
Doch etwas muß ich mich vertheid'gen!
Nicht Jegliches paßt sich für Jeden,
Und gar zu leicht kann man beleid'gen,
Sagt man die Wahrheit nicht ganz leise.
Bedenken Sie nur unsre Lage!
Gar zu verschieden sind die Kreise
Der Leser — das ist eine Plage
Es immer Jedem recht zu machen!
Mehr als der Starken sind die Schwachen,
Mehr als der Weisen sind die Thoren —
Was einem Langohr wohlgefällt
Beleidigt gleichwohl fein're Ohren.
Stets wird verschieden in der Welt
Geschmack, Verstand und Bildung sein, —
Doch gleichen Werthes ist das Geld,
Und wer das Blatt bezahlt und hält:
Spricht gleichen Rechtes mit darein!
Von rechts und links wird man befehdet,
Die Dummheit stets am laut'sten redet,
Weil in des Leserkreises Heerzahl
Die Dummen immer in der Mehrzahl.
Da kommt die Klugheit in's Gedränge,
Muß Rücksicht nehmen auf die Menge.
Und, ist denn unser Bücherwesen
Besser als die Journale heute?

Man schreibt nur für den großen Haufen,
Man liest das Machwerk um zu lesen,
Und doch sieht man auch kluge Leute
Sich solche schlechten Bücher kaufen!
Denn wo ein Buch — was es auch sei! —
Des Ungeschmacks Paradepferd ist,
Da schleppt es Jeder sich herbei,
Denn Jeder will sein Urtheil sagen,
Sei's auch, beim Lesen bloß zu klagen
Daß es des Lesens gar nicht werth ist . . .

Leser.

Doch, welche Wonne, welche Labung:
Taucht aus dem reimenden Gelichter
Ein Dichter auf, ein ächter Dichter
Von Gottes Gnade und Begabung
Wie dieser! da ist kein Betrügen,
Der malt in lebenswahren Zügen,
Ist reich an Wissen und Erfahrung,
Geschickt in kunstgerechtem Fügen,
Da paart die Zartheit sich mit Stärke,
Und wird uns jedes seiner Werke
Zu einer Schönheitsoffenbarung!

Journalist.

Ganz richtig! Doch was hilft das Grollen
Wenn diese Herrn nicht schreiben wollen?

Dichter.

Was soll man heutzutage schreiben?
Wohl kommen Tage hin und wieder
Wo unwillkürlich mir die Lieder
Wie Blüthen aus der Seele treiben;

Wo ich anfathme frisch und leicht,
Und alle Drangsal von mir weicht.
Wo Gottes Stimme in mir predigt,
Des Grams, der Sorgen mich entledigt.
Dann sprudeln aus mir Sangesquellen,
Die Reime folgen sich wie Wellen,
Das Eine findet sich zum Andern —
Das ist ein klangvoll Murmeln, Schäumen,
Es treibt in mir voll süßen Dranges,
Und all mein Denken, Sehnen, Träumen,
Seh' ich an mir vorüberwandern
Im klaren Strome des Gesanges. —
Als ob ein Gott in's Leben rief
Was in der Brust verborgen schlief,
Umblühen ihn die Liederranken.
An Worte reih'n sich die Gedanken
Gleichwie die Perlen an der Schnur;
Er ist mit Allem ausgesöhnt
Was ihn gemartert und gepeinigt,
Sieht Seligkeit und Freude nur —
Die Welt erscheint ihm wie verschönt,
Von allem Schmutz und Schlamm gereinigt.
Aus seinem Munde, dem beredten,
Schallt es wie Worte von Propheten,
Die Zukunft liegt dem Auge offen,
Weckt neues Lieben, Glauben, Hoffen.

Doch, liest der Dichter solche Lieder
Bei nüchternem Verstande wieder:
Ist's ihm als müßt' er selbst sich schämen
Ob alledem was er geschrieben —
Es ist ihm nicht mehr werth und theuer.
Und ohne Vorwurf, ohne Grämen,

Wirft er den ganzen Kram in's Feuer,
Bis keine Spur davon geblieben.

Und in der That: wenn so in's Wilde
Die Phantasie ganz ungeregelt
Durch blauen Dunst und Nebel segelt:
Sind solche luftige Gebilde,
So ganz verhimmelt und verklärt,
Wohl strenger Kunstgestaltung werth?
Kein fester Maßstab recht bemißt sie,
Die Welt belacht sie und vergißt sie.
Wohl giebt es Nächte, wo in Kummer
Und Gram man sich verzweifelnd windet,
Das müde Aug' umsonst nach Schlummer
Und Ruhe sucht — und keine findet.
Das Auge weint, es bebt und glüht
Das Herz, — man preßt das warme Kissen
An sich mit zitternd schweren Armen,
Und nichts besänftigt das Gemüth,
Da ist nicht Hülfe noch Erbarmen,
Winkt mir kein Stern in Finsternissen!
Mich überfällt ein schaurig Bangen,
Umnebelt mich, hält mich gefangen.
Der Brust entfährt ein schweres Stöhnen,
Die Zunge lallt in wirren Tönen —
Doch plötzlich stimmt das Herz sich milder,
Und durch ein wundersam Geschick
Erscheinen längst vergeßne Bilder
Aus alter Zeit vor meinem Blick.
In altverführerischer Schöne
Lockt mich der Prachtbau stolzer Glieder,
Mein Ohr vernimmt bekannte Töne,
Was ich verloren lehrt mir wieder —

Dieselbe Liebe in den Augen,
Dieselbe Täuschung in dem Munde —
Noch einmal muß ich Wonne saugen
Daraus — wie einst in schöner Stunde!
Auf's Neue glaub ich diesen Zügen,
Auf's Neue lass' ich mich betrügen.
Die alten Wunden brechen auf,
Ich fühl' es in mir brennen, wühlen . . .
Dann schreib' ich, lasse den Gefühlen
Und meiner Feder freien Lauf.
Also verscheuch' ich meine Sorgen,
Begeistert zieh' ich an den Tag
Was mir bis dahin lang' verborgen
In meines Herzens Tiefe lag:
Erinnerungen meiner Jugend,
Bilder voll Zartheit und voll Kraft,
Bilder des Lasters und der Tugend,
Der Schwäche und der Leidenschaft.
Die Streiche all' die mich getroffen
In unsichtbaren, schweren Kämpfen,
Die Glut die ich versucht zu dämpfen —
Mein Glauben, Zweifeln und mein Hoffen.
Was mich erfreute und betrübte,
Mich in Geduld und Leiden übte:
Ich fürchte nicht es auszusprechen,
Und halte selbst ein streng Gericht —
Ich schäme mich ob meiner Schwächen
Und rühme mich des Guten nicht.
Wohl weiß ich, schwer ist spät zu heilen
Was früh verdarb am jungen Holz!
Zum Heucheln war ich stets zu stolz
In meinem Hassen wie im Lieben —
Zu stolz auch, Andern mitzutheilen,

Was ich in solcher Art geschrieben.
Was thut's der Menge Noth zu wissen
Was mir schon früh das Herz zerrissen?
Soll ich mein Herzeleid verkaufen
Zu Spott und Hohn dem großen Haufen?
Daß Haß und Bosheit mich befehden,
Die stets das Heilige entweihen,
Und mein prophetisch-ernstes Reden
Als Trug und Blendwerk laut verschreien,
(Weil sie die Wahrheit nie verzeihen!)
Und soll' ich gar mit meinen Schriften
Noch guter Kinder Herz vergiften,
Den Frieden frommer Bürger stören,
Die Thörichten noch mehr bethören?
Die Ruhe nehmen der Verblendniß
Und Störung wecken durch Erkenntniß?
Nein! tief verberg' ich was ich weiß,
In meines Herzens Heiligthum,
Und um verbrecherischen Preis
Erkauf ich nimmer Euren Ruhm!

Einem Kinde.

Von meiner Jugendstürme Erinnerung und Trauern,
Voll von geheimer Wonne und von geheimem Schauern,
Wend' ich, du prächtig Kind, den müden Blick zu dir —
O, wüßtest du, mein Kind, wie lieb, wie lieb du mir!

Wie mich Entzücken faßt bei deiner Stimme Klange,
Beim Glühen deines Aug's, beim Lächeln deiner Wange,
Bei deinen goldnen Locken — man sagt — ist's wahr,
                                        mein Kind? —
Du sehest ihr so ähnlich! Die Jahre floh'n geschwind!

Von schweren Leidens Schrift ward ihr Gesicht beschrieben,
Doch unverändert ist in mir ihr Bild geblieben!
Und ihre Feueraugen allnächt'ge Sterne sind
Zu meinem Traum — doch du, liebst du mich auch, mein Kind?

Macht dich mein Kosen nie, mein Küssen nie erbangen?
Brennt meine Thräne nicht zu heiß auf deinen Wangen?
Und küss' ich nicht zu oft dein liebes Auge dir?
Doch Kind, von meinem Kummer o rede nie zu ihr!

Nein, gar nicht sprich von mir — leicht könnte dein Erzählen
Auf's Neu die Leidende erzürnen oder quälen.
Doch mir vertraue ganz! Wenn sie am Abend spät
Dich führt zum Heil'genbilde, zum kindlichen Gebet,

Dich lehrt das Kreuz zu schlagen, die Hände fromm zu falten,
Dich lehrt den Himmel bitten die Lieben zu erhalten
Die eurem Herz befreundet, die eurem Haus verwandt:
Hat sie nicht einen Namen noch außerdem genannt?

Dir einen fremden Namen, den Herrn dafür zu bitten?
Wohl bleicher wurde sie als ihr das Wort entgliitten —
Vergessen magst du's haben unter den andern all —
Denk' nicht daran! ein Name ist nur ein leerer Schall ...

Gott gebe, dieser Name sei ewig dir verloren!
Doch tönte ihn das Schicksal dir einst in Herz und Ohren:
Denk' deiner Kinderzeit — o geh' nicht in's Gericht
Mit ihm, mein Kind! dem Träger des Namens suche nicht!

Der Palmzweig aus Paläſtina.

Sag', Zweig aus dem gelobten Lande,
  Von welchem Stamm biſt du gepflückt?
Erblühteſt du an Stromesrande,
  Haſt einen Berg, ein Thal geſchmückt?

Hat dich des Jordans Flut umfloſſen,
  Mit reiner Welle dich erquickt —
Biſt du dem Libanon entſproſſen,
  Vom Bergeswind gewiegt, geknickt?

Erklangen alter Lieder Töne,
  Erſcholl es betend durch den Raum,
Als Solismans verarmte Söhne
  Dich pflückten von dem heim'ſchen Baum?

Und ſteht die Palme noch im Süden,
  Und lockt mit breitem Blätterhaupt
Den Wüſtenwanderer, den müden,
  Des Schutzes in der Glut beraubt?

Oder ward ſie der Trennung Leiden
  Verwelkend wie du ſelbſt zum Raub,
Sah ſich des Blätterſchmucks entkleiden,
  Verdorrt im heißen Wüſtenſtaub?

Sprich, war's ein Pilger der dich pflückte,
　Dich hertrug von der heim'schen Flur?
Sprich, ob ihn Gram und Kummer drückte,
　Und wahr'st du seiner Thränen Spur?

Sprich, oder war's der beste Streiter
　Jehova's im gelobten Land,
Der immer fromm, gerecht und heiter
　Vor Gott und vor den Menschen stand?

Ein Sprößling heiliger Gefilde,
　Bewahrt durch eine höh're Macht:
So stehst du vor dem goldnen Bilde,
　Des Heiligthumes treue Wacht!

Die Bilder all' — der Lampenschimmer —
　Das Kreuz, des Glaubens Sinnbild hier ...
Es weht der Frieden Gottes immer
　Um dich und auf und unter dir!

Verständigung.

Laß doch den Thoren ihre Meinung,
Laß sein Geschwätz dem Unverstand,
Verhöhnt er unsere Vereinung,
Weil uns nicht eint ein eh'lich Band.

Der Welt Idolen hab' ich nimmer
Gehuldigt und mein Knie gebeugt —
Es hat in mir ihr Trug und Schimmer
Nie Liebe und nie Haß erzeugt.

Wie du, muß ich im Strudel kreisen
Der Welt — doch bleib' ich allerwärts
Gleichfern den Thoren wie den Weisen,
Und lebe für mein eignes Herz.

Wir schätzen Glück hier und Vergnügen
Nach ihrem rechten Werthe immer,
Und weil wir selbst uns nicht betrügen,
Betrügen uns auch And're nimmer.

Wie schnell wir uns im Weltgetriebe
Erkannten, uns vereint zu Zwei'n!
War ohne Freuden unsre Liebe:
Wird schmerzlos unsre Trennung sein.

Rechtfertigung.

Läßt einst, statt hohen Ruhm's Gedächtniß
Dein Freund, vom Tode hingerafft,
Der Welt kein anderes Vermächtniß
Als Nachhall witrer Leidenschaft, —

Und ruht, erlöst des Erdenlebens
Dies Herz, das solche Glut durchdrang,
Wo so verzweifelt und vergebens
Die Liebe mit dem Hasse rang, —

Wenn dann die Leute von ihm sprechen,
Und du stehst stumm, das Haupt gesenkt,
Weil man verdammt wie ein Verbrechen
Die Liebe die du dem geschenkt:

Der dich geliebt aus Herzensgrunde,
Schuf er dir Kummer auch und Leid:
O denke nicht in jener Stunde
Des todten Freund's mit Bitterkeit!

Uns wird — das sag' dem blöden Haufen —
Ein And'rer richten nach der Zeit,
Und heil'ges Recht ist's, zu erkaufen
Verzeihung durch das Herzeleid.

————

Die Nachbarin.

Nie zur Freiheit führt mich mein Verhängniß,
Und ein Tag scheint ein Jahr im Gefängniß;
    Gar zu hoch ist das Gitter und dicht,
    Aus der Thür läßt der Wächter mich nicht.

Ganz verzweifeln hier würd' ich im Kerker,
Hätte nicht nebenan aus dem Erker
    Als ich heut in der Frühe erwacht,
    Mir ein lieblich Gesichtchen gelacht.

Wie wir, ob auch getrennt, uns gefunden,
Durch gemeinsames Schicksal verbunden!
    Sie blickte nach mir — ich nach ihr,
    Sie wünschte mich dort — ich sie hier.

Früh am Fenster mit spähendem Blicke
Saß ich, trauernd ob meinem Geschicke —
    Gegenüber da klirrt es, wird hell,
    Hebt am Fenster der Vorhang sich schnell ...

Sieh: es gleitet das Tuch wie im Winde
Von der Schulter dem lieblichen Kinde —
    Sieh: jetzt stützt sie den Kopf auf die Hand,
    Und nach mir blickt sie lang' unverwandt.

Doch wie bleich ihre Brust, ihre Wangen!
Sie seufzt — wonach mag sie verlangen?
    Sichtbar stürmisch bewegt sich's in ihr,
    Und es nagt ihr im Herzen wie mir.

O, nicht klage ob meinem Verhängniß!
Wenn du willst — thut sich auf mein Gefängniß,
Und wie Vöglein des Feldes, so frei,
Ziehn wir dann von dannen, wir Zwei!

Stiehl mir nur die Schlüssel im Hause,
Und die Wächter setz' nieder zum Schmause,
Inzwischen, wenn Alles beschafft,
Vertrau' meiner eigenen Kraft.

Gieb dem Vater recht starke Getränke,
Und zum Zeichen dein Tüchlein mir schwenke —
Doch die Nacht sei recht dunkel und graus
Wenn wir beide entfliehen dem Haus.

Hinaus.

Wild heulen die Donner,
Laut prasselt der Regen,
Bang' fliehen die Menschen
Von Aeckern und Wegen —
Sie suchen nach Obdach
Im schützenden Haus: —
Ich möchte hinaus
Aus dem schützenden Haus!

Ich möchte hinaus,
Und lieber verkommen
In Stürmen und Blitzen,
Im Wetter und Graus,
Als länger hier sitzen
Im schützenden Haus —
Ich möchte hinaus!

———————

Napoleons Asche in Paris.

Indeffen Frankreich jetzt in Jauchzen und in Freuden
Mit wüstem Jubelschrei empfängt den kalten Staub
Des Helden, längst gebrochen in schweren, stummen Leiden,
    Der Ketten und Verbannung Raub, —

Indeffen alle Welt, wie es der Brauch hienieden,
Laut mit den Wölfen heult und späten Weihrauch streut,
Und stolz die dumme Menge sich aufbläht selbstzufrieden,
    Vergessend die Vergangenheit, —

Fühl' ich mein Herz im Busen voll Zorn und Trauer schlagen,
Seh' ich dem Festgepränge und Narrentreiben zu —
Faßt mich ein stark Gelüsten dem »großen Volk« zu sagen:
    Welch ein erbärmlich Volk bist du!

Erbärmlich, weil du Alles was heilig auf der Erde
Und groß den Menschen ist: Ruhm, Glauben, Genius,
Getreten in den Staub mit kindischer Geberde,
    Mit zweifelsdummem Spötterfuß.

Die Freiheit hast du in ein Henkerschwert verwandelt,
Den Ruhm hast du erniedrigt zum Spiel der Heuchelei,
Der Väter ächtes Gold um Flittergold verhandelt,
    Dich werth gemacht der Tyrannei.

Du fielſt . . . und Er erſchien mit Seinem ſtrengen Blicke,
An deinem dunklen Himmel ein leuchtendes Geſtirn,
Die Völker machten Ihn zum Lenker der Geſchicke,
    Dein Leben war in Seinem Hirn!

Sein ſtolzer Purpurmantel verhüllte deine Blöße,
Und die beherrſchte Welt ſah ſtaunend, ſtumm und bang
Das ſchimmernde Gewand des Ruhmes und der Größe
    Das Er um deine Glieder ſchlang.

Er ſtand allein — kalt, groß, im Kriege wie im Frieden,
Der Vater Seiner Heere, der Fama liebſter Sohn,
Beim unterworfnen Wien, wie bei den Pyramiden,
    In Moskau's Schnee und Flammenloh'n.

Was thatet ihr, Franzoſen, damals als Er bezwungen
Auf Rußlands Eisgefilden erlag in ſtolzer Qual?
Ihr ſchütteltet die Macht von euch, die Er errungen,
    Schlifft insgeheim den Mörderſtahl.

Bei ſeiner letzten Schlachten verzweiflungsvollen Thaten
Habt ihr in feiger Furcht nicht eures Schimpfs gedacht —
Habt ihr mit Sklavenſinn wie Weiber Ihn verrathen,
    Ihn anvertraut der Feindesmacht!

Er ſelber warf in Zürnen von ſich die Herrſcherkrone
Als Er ſich heimatlos und ſchutzlos bei euch fand;
Doch euch ein Pfand gab Er in Seinem eignen Sohne, —
    Ihr gabt den Sohn in Feindeshand!

In Ketten ward der Held hinweg von Seinem Heere,
Dem um Ihn weinenden, geführt zu fernem Land;
Dort einsam welkt' Er hin, umrauscht vom blauen Meere,
Auf einsam nackter Felsenwand.

Einsam verzehrt' Er sich in stummem, stolzen Kummer,
In unfruchtbarer Reue Brand —
Schlicht im Soldatenmantel ging er zum ew'gen Schlummer,
Sein Grab grub eine Miethlingshand . . .

.   *   .
*

Und Jahre floh'n. Und sieh: die wind'gen Thoren kamen
Und schrie'n: »Gebt uns den Staub, den heiligen, zurück!
In das befreite Land, als großer Ernte Samen
Sei er gesä't zu unserm Glück!«

Ein buntbewimpelt Schiff flog aus, daß es ihn hole.
Er kam, und ward wie einst umjubelt und umdrängt,
Und in ein pomphaft Grab in Frankreichs Metropole
Ward Sein verwester Staub gesenkt.

So ward dem »großen Volk« was es gewollt, beschieden;
Den kurzen Freudenrausch löst schon ein and'rer ab —
Die einst vor Ihm gezittert — sehr mit sich selbst zufrieden
Umtanzen lärmend jetzt Sein Grab.

.   .

Doch Trauern faßt mich heute, bedenk' ich, daß man nußlos
Des Todten heil'ge Ruhe gestört mit frecher Hand,
Der' so viel lange Jahre verbannt, vereinsamt, schußlos,
    Gewartet bis Er Ruhe fand!

Und wenn der Geist des Feldherrn herabsieht aus der Wolke,
Das neue Grabmal sieht, und hört den Lärm dabei:
Wie mag Er grimmgemuth erzürnen ob dem Volke
    Und seiner großen Narrethei!

Erzürnen, daß dies Volk, das Ihn verrathen weiland,
Jetzt Seinen Staub entführt aus stillem Grabes Schooß,
Wo Er zum Wächter hatte auf fernem Felseneiland
    Den Ozean — wie Er unüberwinblich, groß!

Dem Andenken eines Freundes.

A. J. O.

Der Welt mehr geben
    als sie uns giebt,
Die Welt mehr lieben
    als sie uns liebt;
Wie um den Beifall
    der Menge werben
Macht ruhig leben
    und selig sterben!

t. S.

I.

Ich kannte ihn; ich war mit ihm verbannt,
Durchzog den Kaukasus mit ihm gemeinsam
In Freundschaft, — dann zurück in's Heimatland
Warf mich mein Schicksal, wo in Trauern einsam
Mir meine lange Prüfungszeit entschwand.
Wir hielten fest — doch sahn wir uns nicht wieder,
Denn eine schwere Krankheit warf ihn nieder
Im Kriegsgezelt, und in sein frühes Grab
Sank, ungereift noch, Alles mit hinab
Was traumhaft, hoffnungweckend, ihn umschwebte,
In Leid und Freude ihn begeisterte, belebte!

II.

Sein war ein Herz, geschaffen für das Glück,
Die Poesie, die Ruhe ... doch vergebens!
Die stillen Freuden ließ er stolz zurück,
Früh stürzt' er in das wilde Meer des Lebens,
Verkannt, verhöhnt — vom Schicksal nicht versöhnt;
Doch in der Wüste wie im Weltgewühle
Erstickte Nichts die kindlichen Gefühle
In seiner Brust, rein blieb er, wie er war,
Sein Wort, sein Lächeln mild, sein Auge klar.
Stolz wahrte er den Schatz, der ihm gegeben,
Den Glauben an die Menschen und an ein and'res Leben!

III.

Doch fern von seinen Freunden kam er um ...
Gott möge deinem Herzen Frieden schenken!
In fremdem Lande ruht es still und stumm
Gleichwie in meiner Brust dein Angedenken,
Du meiner Jugend freundlicher Genoß!
Wie viele And're schiedest du von hinnen
Geräuschlos, aber fest, — ein hohes Sinnen
Geheimnißvoll noch deine Stirn umfloß
Als sich zum ew'gen Schlaf dein Auge schloß,
Doch was du sprachst beim Abschied von dem Leben
Verstand nicht Einer derer, die dich beim Tod umgeben!

IV.

Riefst du dein letztes Wort der Heimat nach,
Galt es dem Freund, den du zurückgelassen?
War's eine Klage, daß so früh dich brach
Der Tod — der letzte Wehruf im Erblassen?
Ach, Niemand weiß was deine Lippe sprach!
Verloren klang dein letztes Wort von hinnen,
Und spurlos für die Welt blieb all dein Sinnen,
Alles was du gedacht, gethan, gelebt —
Wie leichter Dampf im Abendglühn entschwebt:
Er glänzt, wird von den Winden fortgetragen,
Woher? Warum? Wohin? wer wird ihn darum fragen!

V.

Spurlos verschwindet er am Himmel, wie
Die Liebe eines hoffnungslosen Kindes,
Wie der Gedanke, der der Liebe nie
Sich anvertraut, vergeht, ein Spiel des Windes.
Und wer verlangt mehr von der Welt? mag sie
Fremd bleiben Vielem was ihr Gott gegeben,
Was nützt es, ihren Beifall zu erstreben
Und ihres Ruhmes dornenreichen Kranz?
Du dientest nie der Welt um Lohn und Glanz,
Verschmähtest stolz dich ihrem Joch zu neigen,
Liebtest des Meeres Rauschen, der blauen Steppen Schweigen,

VI.

Der dunklen Berge zackenhohe Reih'n . . .
Und jetzt siehst du dein einsam Grab umgeben
In wunderbarem, traulichem Verein
Von Allem was dich je erfreut im Leben:
Der endlos blauen Steppen Wüstenein,
Die hoch der Kaukasus im Gletscherglanze
Strahlend umschlingt mit einem Silberkranze —
Und, wie auf seinem Schild ein Riese ruht,
Lehnt das Gebirg sich träumend an die Flut
Des Schwarzen Meers, den Sagen all zu lauschen,
Die aus den Wogen ihm traumhaft entgegenrauschen.

Trau', jugendlicher Träumer, dir selber nicht zu sehr.

Que nous sont après tout les vulgaires abois
De tous ces charlatans, qui donnent de la voix,
Les marchands de pathos et les faiseurs d'emphase,
Et tous les baladins qui dansent sur la phrase?

A. Barbier.

Trau', jugendlicher Träumer,
          dir selber nicht zu sehr,
Flieb' die Begeisterung wie schlimm Erkranken!
    Sie ist ein Irrlichtleuchten
          des kranken Geist's, nichts mehr,
Der Zorn gefesselter Gedanken!

    Ein Zeichen such' des Himmels
          vergebens nicht darin,
Sie ist der Kraft, des Blutes Ueberfließen!
    In Gram und Sorge lieber
          leb' deine Tage hin,
Als diesen Gifttrank zu genießen!

    Kommt dir ein Augenblick
          wo wunderbar und licht
Ein jungfräulicher Quell des Schönen
    Geheimnißvoll aus deiner
          längst stummen Seele bricht
In süßen, weihevollen Tönen:

O, horche nicht darauf,
      halt' das Gefühl geheim,
Drück' es gewaltsam in dir nieder!
  Im kaltgemeſſ'nen Vers,
      im abgedroſchnen Reim
Giebt ſolch Empfinden ſich nicht wieder!

  Schleicht ſich der Gram zu dir,
      hat ſich dem Sturm und Graus
Der Leidenſchaft dein Herz erſchloſſen:
  Tritt auf den lauten Markt
      der Menſchen nicht hinaus
Mit deinem raſenden Genoſſen!

  Erniedrige dich nicht
      und beut nicht zum Verkauf
Was du in Gram und Zorn empfunden,
  Schließ nicht in Hochmuth vor
      dem Blick des Pöbels auf
Den Ausfluß deiner Herzenswunden.

  Was nützt es uns zu wiſſen
      wie groß, wie klein dein Leid,
Das Lodern deines Herzensbrandes,
  Was uns dein thöricht Hoffen
      der erſten Jugendzeit,
Das böſe Mitleid des Verſtandes?

  Sieh vor dir ſpielend auf
      gewohntem Wege nur
Die Menſchen all vorübergehen —
  Kaum auf den Feſtgeſichtern
      wirſt du der Sorge Spur,
Nie unanſtänd'ge Thränen ſehen!

Und unter diesen Menschen,
        sprich, ist wohl Einer nur,
Den Gram und Sorge nie gebeugt hat,
Dem Unglück oder Schuld
        nicht auch des Leidens Spur
Schon früh auf seiner Stirn erzeugt hat?

Glaub's: komisch ist dein Grollen
        und Weinen dieser Welt,
In künstlichem Gesang erklingend —
Gleichwie ein tragischer,
        geschminkter Bühnenheld,
Sein Holzschwert wie zum Kampfe schwingend.

Die Wolken.

Wolken am Himmelszelt, ewige Wanderer,
  Die über Berg und Thal ohne Ermüden ziehn:
Floht ihr den Steppenhord, lockt euch ein anderer,
  Müßt ihr, verbannt wie ich, mit mir zum Süden ziehn?

Sagt, was verbannt euch: des Schicksals Gerechtigkeit,
  Eines Verbrechens Fluch, der unversöhnlich ist?
Heimlicher Neid und Trug, offene Schlechtigkeit,
  Heuchelnder Freunde List, wie sie gewöhnlich ist?

Nein! Ihr entflieht nur dem fruchtleeren Lande hier,
  Frei seid ihr jeglicher fesselnder Spannung Qual,
Kennt keine Leidenschaft, kennt keine Bande hier,
  Kennt keiner Heimat Glück, keiner Verbannung Qual!

Der Dichter.

In bunter, goldner Zier glänzt meines Dolches Stahl;
    Die feste Klinge kann nie rosten;
Sie ist gefeit durch ein geheimnißvolles Mahl,
    Die Erbschaft heißen Kampfs im Osten.

Er diente ohne Lohn dem Reiter manches Jahr
    Im Heimatland wie in der Fremde;
Hat manche Brust durchbohrt, ein Retter in Gefahr,
    Durchstoßen manches Panzerhembde.

Er theilte Lust und Leid dienstfert'ger als ein Sklav;
    Schnell räch' er jegliches Beleidigen,
Wo ohne goldnen Zierrath scharf seine Klinge traf,
    Galt es zu rächen, zu vertheidigen.

Am Terek ward er des Kosaken Beutetheil,
    Der seinen Herrn zu Boden fällte;
Drauf unter andern Waffen zum Kaufe lag er feil
    In des Armeniers Waarenzelte.

Beraubt der alten Scheide gleichwie der starken Hand
    Des Helden, der ihn einst getragen,
Hängt er als goldnes Spielzeug jetzt ruhmlos an der Wand,
    Um keine Wunden mehr zu schlagen.

Es nimmt sich keine Hand geschäftig seiner an,
  Zu pflegen ihn, zu reinigen —
Niemand liest im Gebet die Aufschrift des Koran,
  Zum Ruhm Allah's, des Einigen ...

     *   •   *

Gleichst du nicht diesem Dolch, markloser Zeitpoet!
  Der du ungöttlich niedern Hanges
Um schnödes Gold vertauscht die Macht und Majestät
  Des weltbegeisternden Gesanges?

Wie schlugen einst der Sänger klangmächt'ge Worte ein,
  Entzündend zu der Glut des Kampfes!
Das Volk bedurfte ihrer wie des Pokals zum Wein,
  Wie beim Gebet des Opferdampfes.

Sie schwebten über ihm gleichwie der Geist des Herrn,
  Und zum Gebet, gleichwie zum Sturme
Der Schlacht, entflammten sie die Völker nah und fern,
  Wie Glockenklang vom hohen Thurme ...

Die stolze Einfachheit verletzt der Poesie,
  Heut will man schales Reimgeblinke;
Wie eine alte Schöne verlangt die Welt, daß sie
  Die Runzeln übertüncht mit Schminke!

Verspotteter Prophet! erwachst du noch einmal
  Zur Rache in der Zeitumnachtung?
Oder in goldner Scheide verbirgt der blanke Stahl,
  Bedeckt vom Roste der Verachtung?

Gebet.

Heut, Mutter Gottes! dir
    nah' ich mich weihevoll,
Fromm vor dein heilig Bild
    tret' ich in Andacht hin,
Nicht weil ich dankesvoll,
    noch weil ich reuevoll,
Nicht um mein Seelenheil,
    auch nicht vor Schlachtbeginn.

Nicht mich, den Fremdling im
    eigenen Heimatland,
Den nichts mehr hoffenden
    und nichts mehr nützenden,
Nein: ein unschuldig Kind
    empfehl' ich deiner Hand,
Der in der kalten Welt
    die Unschuld schützenden!

Die so des Glückes werth,
    sei nie dem Glücke fern,
Treu mög' ihr Liebe und
    Freundschaft beschieden sein,
Stets ihr der Bosheit
    Verläumdung und Tücke fern,
Heiter die Jugend,
    das Alter voll Frieden sein!

Gieb, daß sie sterbend nicht
      ringen noch leiden muß,
Frei laß sie jeglicher
      Sünden und Mängel sein:
Daß sie, wenn einst sie von
      dieser Welt scheiden muß,
Möge im Himmel dein
      seligster Engel sein!

Der Nachbar.

Wer du auch sei'st, im Unglück mir vereint,
Ich liebe dich wie einen Jugendfreund,
    Nachbar, vom Zufall mir gegeben!
Ob auch der Eine nicht den Andern kennt,
Und uns das Schicksal auch auf ewig trennt:
    Jetzt durch die Wand — und später durch das Leben.

Wenn spät der Abendröthe letztes Licht
Durch meine hohen Kerkerfenster bricht
    Zum Abschiedsgruß im Untergehen;
Und auf sein klirrendes Gewehr gelehnt,
Vor Müdigkeit der alte Wächter gähnt,
    Sein greises Haupt zum Schlummer neigt im Stehen, —

Drück' ich mich lauschend an die feuchte Wand,
Und deinen Liedern horch' ich unverwandt,
    Und immer will es mir dann scheinen,
Wie voll unendlich schmerzlicher Gewalt,
Ob leise, leise auch das Lied erschallt,
    Als sei dein Singen ein melodisch Weinen.

Und Liebe, Hoffnung einst'ger, schön'rer Zeit,
Erwacht in mir in alter Seligkeit,
    Ich höre längst verschollne Kunde —
Von Glutverlangen in mir regt sich's wild,
Es kocht mein Blut — vom Aug' die Thräne quillt
    Gleichwie der Wehmuthklang aus deinem Munde!

Episches.

Der Tscherkessenknabe.*)

I.

Vor wenig Jahren noch stand da,
Wo Kura und Aragua
Im Flutgeschäum zusammenfließen,
(Gleichwie zwei Schwestern sich umschließen),
Ein Kloster. Aus den Bergen her
Erschaut noch jetzt der Wanderer
Die Pfeiler der zerfallnen Pforte,
Das Kirchgewölb', die Thürme drauf —
Doch wirbelt nicht am heilgen Orte
Des Opferdampfes Duft mehr auf.
Nicht hört man mehr in Abendspäte
Der frommen Mönche Dankgebete,
Nicht mehr den heilgen Sang der Messen.
Halbtodter Wächter der Ruinen,
Haust einsam jetzt ein Greis in ihnen,
Von Menschen und vom Tod vergessen:
Und fegt den Staub von Grabessteinen,
Aus deren Inschrift wir noch lesen
Von Zeiten des vergangnen Ruhms,
Und, wie ein König einst gewesen,
Der, müde seines Herrscherthums,
Sich Rußland anschloß mit den Seinen.

Und Gottes Segen kam zur Zeit
Auf Grusien! — In Herrlichkeit
Erblüht's im Schatten seiner Haine,
Und fürchtete der Feinde keine,
Denn Freunde schützten stark das Seine.

II.

Her vom Gebirge reist' einmal
Durch Tiflis hin ein General,
Und führt' mit sich ein Kind gefangen,
Das von des Weges Müh'n, des langen,
Erschöpft, dort krank geworden war.
Es zählte, schien's, etwa sechs Jahr.
Wie die Gebirgsgeiß wild und scheu,
Schwach, biegsam, wie ein Rohr dabei
Der Knabe war. In seinem Schmerz
Zeigt er der Väter Geist und Herz.
Kein Wort läßt er dem Mund entweichen
Und ohne Stöhnen, ohne Klagen
Weiß er sein schweres Leid zu tragen.
Und Speise wies er stets durch Zeichen
Zurück — so welkt' er stolz dahin.
Jedoch mit mitleidsvollem Sinn
Nahm sich ein Mönch des Kranken an;
Im Schutz des Klosters sanft gebettet
Ward er durch Freundeskunst gerettet.
Doch, frohen Kinderspielen fremd,
Floh Alle er mit scheuem Sinn,
Irrt' stumm und einsam, schmerzbeklemmt,
Sah seufzend oft gen Osten hin,

Und neue Qual in ihm erwachte
Wenn er des Heimatlands gedachte.
Doch schien's, als ob er an sein Loos,
Wie an der fremden Sprache Töne
Allmählig gerne sich gewöhne.
Er ward getauft, trat in den Schooß
Der Kirche ein, und wollte nun
— Kaum in des Jünglingsalters Blüthe,
Kind noch von Herzen und Gemüthe,
Mit Welt und Menschen unbekannt —
Selbst schon das Mönchsgelübde thun:
Als er urplötzlich einst verschwand
Ju einer Herbstnacht. Dunkle Wälder
Weithin das Hochgebirg umziehn.
Drei Tage lang durch Wald und Felder,
Jedoch vergebens sucht man ihn.
Zuletzt fand man ihn in den Steppen,
Besinnungslos, auf feuchtem Lager;
Ließ ihn zurück ins Kloster schleppen.
Er war entsetzlich blaß und mager;
Das Auge matt, die Glieder schwach
Von Krankheit, Hunger, Ungemach —
Doch blieb er stumm auf jede Frage.
Man sieht's ihm an: nur wenig Tage
Hat er auf Erden noch zu leben,
Früh welkt er seinem Grab entgegen.
Da naht ein alter Mönch, den Segen
Der heilgen Kirche ihm zu geben
Daß er ihm Trost und Linbrung schafft.
Stolz hört er ihn, bis er geendet,
Erhebt sich dann mit letzter Kraft
Und spricht also, zum Mönch gewendet:

———

III.

»Dank deinem Eifer, frommer Greis!
Ich soll dir beichten was ich weiß?
Wohl gut und tröstlich mag es sein
Das Herz durch Worte zu befrei'n;
Doch Niemand that ich Leids im Leben,
Drum kann, was sich mit mir begeben
Zu wissen, wenig Nutzen tragen —
Und läßt sich, was ich fühle, sagen?
Nur wenig und in Sklaverei
Hab' ich gelebt. Ach! solcher Leben
Hätt' ich gern zwei dahingegeben
Für Eins, doch sturmbewegt und frei. —
Nur Eine wilde Leidenschaft
Hat mich beherrscht, durchglüht, geplagt,
Hat mich verzehrend hingerafft,
Hat wie ein Wurm mein Herz zernagt.
Sie zog im Wachen und in Träumen
Aus dieser Zelle dumpfen Leiden
Mich fort, zu wilden Schlachtenräumen,
Wo Felsen sich in Wolken kleiden,
Wo Menschen frei wie Adler leben.
Und dieser Glut, die mich verzehrt,
Hab' ich noch neue Kraft gegeben,
Durch Thränen sie und Gram genährt;
Will's frei vor Gott und Welt gestehen,
Doch nicht um Gnade zu erflehen.«

IV.

»Oft hört' ich sagen, Greis, daß du
Mein Leben rettetest — wozu? ...
Verwaist, von wildem Schmerz gedrückt,
Dem Blättchen gleich, vom Sturm gepflückt,
Mußt' ich in düstern Klostermauern
Die schöne Jugendzeit vertrauern —
Mönch durchs Geschick, doch Kind an Sinn,
Lebt' ich voll Gram mein Leben hin.
Ich kannte Niemand mit dem süßen
Und heilgen: »Vater,« »Mutter,« grüßen ...
Ihr wolltet, daß ich mich entwöhnte
Des Worts, das mir so heilig tönte —
Doch war sein Klang mit mir geboren.
Bei Andern sah ich, die ich kannte,
Haus, Heimat, Freunde und Verwandte:
Und allebas hatt' ich verloren!
Nicht blos der Lieben Angesicht:
Selbst ihre Gräber fand ich nicht! —
Nicht leere Thränen zu vergießen,
Hab' ich im Herzen da geschworen:
Einmal — wenn auch in kurzer Lust —
Die junge lebensfrohe Brust
An eine andre Brust zu schließen.
Ach, nie sollt' ich solch Glück erwerben!
Mein Traum ist, wie er kam, vergangen —
In fremdem Land muß ich nun sterben
Wie ich gelebt, verwaist, gefangen.« —

V.

„Mich schreckt das Grab nicht: in der Truhe
Der stillen, sagt man, ruhn die Leiden
In ewiger, in kalter Ruhe.
Doch weh thut's, von der Welt zu scheiden.
Ich bin jung, jung ... Hast du gekannt
Der Jugend bunte Träume, Greis?
Und hat dein Herz jung nie gebrannt
So hasseswild und liebeheiß? ...
Und schlug es nicht in schnellern Schlägen
Trugst du dein Aug' der Sonn' entgegen,
Dort von des Eckthurms hohem Erker,
So lange Zeit mein luft'ger Kerker ..
Wo oft des fremden Landes Sohn
Gebuckt saß tief im Bruch der Mauern,
Der jungen Taube gleich, entflohn,
Erschreckt von nahen Regenschauern. —
Wenn dir die schöne Welt zur Last,
Und du jetzt schwach, an Haar schon weiß,
Der Wünsche dich entwöhnet hast:
Was macht's! du hast gelebt doch, Greis!
Dir war dein Theil doch zugemessen,
Magst du's dir jetzt auch nicht mehr gönnen,
Du hast doch Etwas zu vergessen:
Du lebt'st, — auch ich hätt' leben können.‟

VI.

»Und willst du wissen was ich sah
In meinen kurzen Freiheitsträumen?
Wald, reiche Fluren fern und nah,
Hügel, gekrönt mit hohen Bäumen.
Ich sah sie windbewegt sich neigen,
Dann wieder hoch die Häupter heben,
Sie winkten mit den grünen Zweigen
In schwankendem Entgegenstreben,
Wie eine Schaar im Tanzesreigen.
Getrennt vom Bergstrom, finstre Gruppen,
Sah ich, gewalt'ger Felsenkuppen.
Und ich verstand ihr inn'res Leben,
Von oben war mir das gegeben.
Hoch strecken sie sich durch die Luft
Einsam einander gegenüber —
Getrennt durch eine tiefe Kluft —
Das will herüber und hinüber:
Doch Tage fliehen, Jahre fliehn —
Sie werden nimmer näher ziehn!
Und ich sah hoher Berge Reih'n,
So schön als ob's ein Traumbild wäre,
Wenn bei des Frühroths goldnem Schein
Sie herrlich dampfen wie Altäre;
Die Häupter streckend himmelauf...
Und Wölkchen hinter Wölkchen drauf
Aus ihrem nächt'gen Lager fliehn,
Und schnellen Laufs gen Osten ziehn —
Den weißen Karawanen gleich
Zugvögeln aus entferntem Reich;

Und fernher durch den Nebel steigt
Der alte Kaukasus buntflimmernd,
Im Schnee wie Diamanten schimmernd, —
Und meinem Herzen war so leicht,
Weiß nicht warum. Geheimnißvoll
Im Innern eine Stimme scholl:
Auch ich lebt' einst in jenen Räumen!..
Und ich versank in tiefes Träumen, —
Und hell und heller ward mein Geist
Von Bildern schön'rer Zeit durchkreist.«

VII.

»Das Vaterhaus glaubt' ich zu sehn,
Die Felsenschlucht, wo in der Runde
Zerstreut des Aules Hütten stehn;
Das Wiehern hört' ich ferner Pferde
Die heimwärts zogen mit der Heerde,
Und das Geheul bekannter Hunde.
Ich sah die antlißbraunen Greise,
Wie sie vor unsres Hauses Schwelle
Bei abendlicher Mondeshelle
Ernst saßen in vertrautem Kreise;
Der reichverzierten Scheiben Flimmern
Der langen Dolche ... wirr und licht
Sah ich, ein buntes Traumgesicht,
Das Alles schnell vorüber schimmern.
Mein Vater — wie im Leben ganz,
Mit seines stolzen Auges Glanz,
Im Panzerhemd erschien er mir,
Mit voller Wehr- und Waffenzier!

Noch schwebt er mir lebendig vor,
Des Panzers Klirren trifft mein Ohr ...
Dann kam mein Schwesterpaar zusammen
Vorüber meinem Blick gegangen;
Ich sah die süßen Augen flammen,
Mir war's, als hörte ich die Klänge
Der trauten, lieblichen Gesänge,
Die sie an meiner Wiege sangen. —
Bin durch die Felsschlucht brausend lief
Der Gießbach, doch er war nicht tief,
Und Mittags, auf dem golbnen Sande
Pflegt' ich zu spielen dort am Strande ...
Und forschend meine Blicke zogen
Den Schwalben nach, die vor dem Regen,
Die Well' mit leisen Flügelschlägen
Berührend, über's Wasser flogen.
Und ich entsann mich wieder klar
Des heim'schen Herbs, der langen Sagen
Von Menschen die in frühern Tagen
Gelebt, und was sich zugetragen
Einst da die Welt noch schöner war.«

VIII.

»Und was ich in der Freiheit that?
Ich lebte — und es wäre mir
Ohn' dieser Tage sel'ge Stunden,
Mein Leben trauriger entschwunden,
Als Greis, dein kraftlos Alter dir.
Schon lange, lange trieb es mich
Hinaus, durch fremdes Land und Feld,
Ein Stück zu sehn der schönen Welt.
Und Nachts (die Nacht war schauerlich!),
Als ein Gewitter euch erschreckt,
Und am Altare hingestreckt,
Ihr betend lagt an heil'ger Stätte —
Entlief ich. O! so gerne hätte
Ich brüderlich den Sturm umschlossen!
Den Wolken folgt' der Blick, den dunkeln,
Die Hand hascht' nach der Blitze Funkeln,
Die zackend durch die Lüfte schossen ...
Sag', was könnt ihr im Tausch mir geben
In dieser Wiege meiner Schmerzen,
Für jenes kurze Freundschaftsleben
Des Sturmes mit dem stürm'schen Herzen?«

————

»Und lange lief ich — wohin fliehn?
Ich wußt' es nicht! Kein Sternlein schien,
Ein Licht auf schwerem Pfad zu sein;
Doch athmete die matte Brust
In gieriger, in froher Luft
Der Wälder nächt'ge Frische ein.
Und viele Stunden lief ich, da
Ermattet sanken meine Glieder
Sanft zwischen hohem Rasen nieder;
Ich lauschte — kein Verfolger nah . . .
Es schwieg der Sturm — das bleiche Licht
Zog wie ein langer, breiter Saum
Hin zwischen Erd' und Himmelsraum;
Und fern entdeckte das Gesicht
Gebirgeszacken, hochaufsteigend; —
Und unbeweglich lag ich, schweigend . . .
Der Schakal in der Höhle laut
Fing an wie'n Kind zu schrei'n und weinen;
In schimmernd glatter Schuppenhaut
Wanden sich Schlangen zwischen Steinen:
Doch fühlte drob mein Herz nicht Bangen;
Ich selbst den wilden Thieren glich,
Den Menschen fremd, versteckt' ich mich
Und kroch umher gleichwie die Schlangen.«

X.

»Und unten in der Tiefe Grausen
Hört' ich des Gießbachs Fluten brausen.
Das Wellgetös der Flut, der grimmen,
Erscholl wie hundert wilder Stimmen
Geräusch. Mocht' es auch wortlos sein,
Ich konnte ganz das Rauschen deuten:
Ein ew'ges Grollen, ew'ges Streiten
Mit wellentrotzendem Gestein.
Bald schweigt's, und wieder lauter bald
Das Rauschen durch die Stille schallt;
Und laut ertönen frohe Lieder
Der Vögel aus den Lüften nieder;
Der Ost flammt auf — es schweigt das Wetter;
Der Wind rauscht durch die feuchten Blätter;
Aufathmen leis die Blumen, die
Sanft schlummernden, und ich wie sie
Erhob mein Haupt dem Tag entgegen ...
Ich schaut' umher: In bangen Schlägen
Erzitterte mein Herz; ich fand
An eines jähen Abgrunds Rand
Mich liegen; wo im Wellgetöse
Die Fluten schäumend sich ergossen,
Die Stufen in der Felswand liefen;
Doch es betrat sie nur der Böse,
Als aus dem Himmel er gestoßen
Verschwand in unterirb'sche Tiefen.«

XI.

»Ringsum der Garten Gottes lacht'
Und prangt' in bunter Farbenpracht;
Es schimmerten die reichen Fluren
Noch von der Himmelsthränen Spuren;
Es schlängelten des Weinstock's Ranken
Sich an den Bäumen auf, den schlanken,
Stolz auf der Blätter grün Gepränge,
Und auf der vollen Trauben Menge,
Die, gleich kostbarem Ohrgehänge,
Sich üppig dran herunterzog;
Ein Schwarm von scheuen Vögeln flog
Von Zeit zu Zeit hinauf zu ihnen.
Aufs Neu' sank ich zur Erde nieder
Und horchte leis den Stimmen wieder
Die ringsumher zu tönen schienen;
Ein Lispeln durch die Büsche schlich,
So wunderbar und feierlich,
Als ob vom Himmel und der Erde
Geheimes dort verhandelt werde;
Und alle Stimmen der Natur
Vereinten hier sich wie zum Bunde,
Des Menschen stolze Stimme nur
Ertönte nicht in jener Stunde
Im feierlichen Lobgesang. —
Jetzt ist von Allem keine Spur,
Was damals glühend mich durchdrang;
Erzählen möcht' ich gern mein Glück
Und Alles was die Brust durchkreißte,
So gerne ruf' ich mir im Geiste
Den selig schönen Tag zurück.

An jenem frischen Morgen war
Der Himmel über mir so klar,
Man hätte durch die Höh'n, die blauen,
Den Flug der Engel können schauen.
Mit Aug' und Herz verloren blieb
Ich in den Anblick, bis der Strahl
Der Mittagssonne mich vertrieb
Und mich verzehrt' des Durstes Qual.« —

———————

XII.

»Und aus der Höh' zum Gießbach dann,
An schwankende Gesträuche fassend,
Von Stein zu Stein mich niederlassend,
Fing ich hinabzuklettern an.
Weg unter'm Fuße rollt zuweilen
Ein Stein hinab, und Staubessäulen
Aufwirbelnd folgten seinem Gang,
Bis ihn die Wogenflut verschlang;
Und ich hing ob dem tiefen Schlund, —
Doch stark ist freie Jugend, und
Der Tod schien mir nicht grauenhaft!
Und als ich nun mit letzter Kraft
Hinabstieg von den steilen Wegen,
Weht' mir die Frische schon entgegen
Der heißersehnten Bergesquelle;
Und lechzend neigt' ich mich zur Welle.
Da — eine Stimme tönt ... Dazwischen
Ein leis Geräusch in den Gebüschen
Von Schritten ... o, wie bebte bang
Und süß mein Herz bei jenem Klang! ..

Und spähend scharfe Blicke sandt' ich
Im Kreis umher, und lauschend stand ich:
Und nah und immer näher klang
Der jungen Grusierin Gesang …
So süß, von Leben so durchdrungen,
So ungekünstelt, ungezwungen,
Als ob nur liebe Freundesnamen
Von ihren ros'gen Lippen kamen.
's war nur ein einfach kurzes Lied,
Doch tief ist mir's ins Herz gedrungen,
Und wird mir, wenn der Tag entflieht,
Vom unsichtbaren Geist gesungen.«

XIII.

»Auf engem Pfad zum Ufer schritt
Die junge Grusierin, sie trug
Hoch auf dem Kopfe einen Krug.
Doch öfters auf den Steinen glitt
Sie aus im Gehn, und selber dann
Ob ihrer Unbehendigkeit
Hub herzlich sie zu lachen an.
Und leicht ging sie, die Tschabra weil
Zurückgeschlagen: Glühend hatten
Die Sonnenstrahlen goldnen Schatten
Ob Antlitz ihr und Brust gezogen;
Ich sah den Busen flammend wogen
Als ob ihn süß Verlangen triebe;
Heiß ihre Lipp' und Wange schwoll,
Das dunkle Auge war so voll
Von den Geheimnissen der Liebe,

Daß meine Glutgedanken sich
Verwirrten; nur erinn'r' ich mich
Des Krug's Klang, als die Welle sich
Langsam hineingoß; endlich da
Mein flammend wirres Herz sich kühlte
Und ich Bewußtsein wieder fühlte,
Ich sie in weiter Ferne sah.
Ob langsam gleich — doch leicht ging sie,
Schlank unter ihrer Last, gleichwie
Die Pappel, Königin der Auen!
Nicht weit im kühlen Dunkel war
Am Fels ein freundlich Hüttenpaar,
Wie angewachsen dort, zu schauen;
Und von dem Dach der Einen hoch
In Ringeln blauer Rauch aufzog.
Noch jetzt ist mir's, als sähe ich
Aufgehn die Thür und schließen sich . . .
Ich weiß, du kannst den Gram, die Wehen,
Die mich zernagen, nicht verstehen;
Und könntest du's, — es wär' mir leid:
Laß die Erinn'rung jener Zeit,
Greis, in mir und mit mir vergehen.«

XIV.

»Erschlafft von Allem was mich traf,
Erschöpft lag ich im Schatten nieder;
Und ein erquickend süßer Schlaf
Schloß sanft die müden Augenlieder.
Aufs Neu' im Traum erblickte ich
Das Bild der jungen Grusierin,

Und seltsam süßer Gram beschlich
Das Herz und trübte meinen Sinn …
Schwer seufzt' ich auf, und — war erwacht.
Und über mir, in voller Pracht,
Stand leuchtend schon der Mond am Himmel,
Und um ihn her das Sterngewimmel.
Zum Hof des Mond's ein Wölkchen eilte,
Das gierig seine Arme theilte,
Als ob es her zum Raube käme.
Rings tiefe Nacht und Schweigen weilte;
Die Berge fern, die schneebedeckten,
In glitzernd silbernem Gebräme
Hochauf die dunklen Kuppen streckten.
In seinen Ufern brauf't und zischt
Der Gießbach. In der Hütte ferne
Strahlt matt noch eines Lichtes Schimmer,
Doch bald verlischt's im dunklen Zimmer
Nach hellem Flackern: So verlischt
Um Mitternacht das Licht der Sterne!
Ich wollte … doch es schreckte mich
Hin wo die Hütte stand, zu gehen,
Nur ein Verlangen kannte ich,
Ein Ziel: mein Vaterland zu sehen!
Stark rang' ich mit des Hungers Schmerzen,
Den geraden Weg verfolgend schlich
Ich fürbaß, stumm, mit scheuem Herzen.
Doch bald verlor ich in der Dicke
Des Wald's die Berge aus dem Blicke,
Und im Gehölz verirrt' ich mich.«

XV.

»Ich suchte trotz der Dornen Stechen
Durch das Gesträuch mir Bahn zu brechen.
Es war vergeblich! In der Runde
Ward's grausiger mit jeder Stunde;
Des Urwald's Räume düster grauten,
Und traurig ward mein Herz und schwer;
Durch der Gebüsche Zweige schauten
Millionen schwarze Augen her . . .
Ich kletterte auf einen Baum,
Die Sinne fühlt' ich mir vergehen:
Rings bis zum weiten Himmelsraum
War Wald nur, dichter Wald zu sehen.
Und bitter schluchzend stürzt ich nieder,
Eiskalt durchzuckt' es meine Glieder,
Und mit verzweifelter Geberde
Nagt' ich am feuchten Schooß der Erde . . .
Und heißer, heißer Thränen Flut
Befeuchtete mein Angesicht,
Doch glaub's: in der Verzweiflung Wuth
Wünscht' ich der Menschen Beistand nicht . . .
Ich war den Menschen fremd auf immer,
Fremd wie der Steppe wildes Thier . . .
Und Greis, beim Höchsten schwör' ich dir,
Daß meiner Brust kein leis Gewimmer,
Kein Laut, kein kurzes Stöhnen nur,
Verrathend meinen Schmerz, entfuhr.«

———————

XVI.

»Seit meiner Kindheit kennst du mich:
Nie ließ zu Thränen mich mein Stolz —
Doch ohne Scham dort weinte ich.
Wer sah mich? Nur das dunkle Holz,
Der Mond, der hoch am Himmel stand!
Von seinen Strahlen übergossen
Lag ich bedeckt mit Moos und Sand,
Von dichter Waldesmau'r umschlossen.
Vor mir dehnt sich ein freier Platz.
Auf einmal schwand ein Schatten schnell
Vorüber, gleich zwei Lichtern hell
Erblitzt' es, und mit Einem Satz'
Aus dem Gebüsche sprang in Hast
Ein wildes Thier, und streckt' die Glieder
Und warf sich auf den Rücken nieder.
Das war der Wildniß ew'ger Gast —
Der mächt'ge Tiger. Gierig nagend
An einem Knochen, knurrt' er laut,
Dann spielend mit dem Schweife schlagend
Hub er das wilde Auge, schaut'
Zum Vollmond auf, — und silberhell
Erschimmerte sein buntes Fell ...
Zum Kampf bereit brach ich in Hast
Vom Baume einen knot'gen Ast,
Und plötzlich flammt in wilder Glut
Mein Herz, und lechzt nach Kampf und Blut ...
Jetzt fühl' ich Alter! hätte mich
Zur Freiheit mein Geschick erlesen,
Daß in der Väter Lande ich
Der Helden Letzter nicht gewesen.«

XVII.

»Ich wartete. Im nächt'gen Grauen
Roch er den Feind, und plötzlich scholl
Geheul, so dumpf und klagevoll
Wie Seufzen … Und mit seinen Klauen
Fing grimmig er im Sande an
Zu wühlen, stellt' sich aufrecht dann
Und legt' sich wieder, und mir droht'
Sein erster wilder Sprung den Tod …
Doch ich kam ihm zuvor und schlug —
Der schwere Schlag den ich ihm trug
War schnell und sicher. Wie ein Beil
Zerspaltete mein starker Ast
Die breite Stirn … und ein Geheul
Erscholl, wie Menschenstöhnen fast;
Dann stürzt' er hin, doch noch einmal,
Obschon in dickem, breitem Strahl'
Das Blut aus seiner Wunde quoll,
Brach los der Kampf, verzweiflungsvoll!«

———

XVIII.

»Auf meine Brust wild warf er sich:
Doch zweimal drehend, bohrte ich
In seines Rachens Schlund mein Waffen . . .
Er brüllte furchtbar und begann
Die letzten Kräfte aufzuraffen,
Und wir, — umschlungen gleich zwei Schlangen,
Und fester als ein Freundespaar, —
Zusammen stürzten nieder dann,
Doch auf der Erd' im Dunkel rangen
Wir grimmig fort. — Und ich auch war
Furchtbar in jenem Augenblicke,
Dem wilden Wüstentiger gleich;
Ich glühte, winselte wie er:
Als stammt' ich selber aus dem Reich'
Der Tiger und der Wölfe her.
Es schien als hätt' ich alle Spur
Der Menschensprache lang verloren —
Ein wild Geschrei der Brust entfuhr,
Als wären mir von Kindheit nur
An solch' Geheul gewöhnt die Ohren . . .
Doch meinem Feinde schwand die Kraft,
Er wälzt' sich wüthend hin und her,
Er athmete noch einmal schwer,
Umkrallte mich zum letzten Mal . . .
Und seines starren Auges Strahl
Flammt drohend noch und grauenhaft —
Dann schloß es sich zum ew'gen Schlaf . . .
Doch Angesicht zu Angesicht
Dem stolzen Feind, der Tod ihn traf,
Wie es im Kampf des Streiters Pflicht!«

XIX.

»Auf meiner Brust kannst du noch schauen
Die tiefen Spuren, wo die Klauen
Des Ungeheuers mich getroffen:
Noch unvernarbt sind sie und offen;
Doch bald im feuchten Schooß der Erden
Wird ihnen Kühle, Lind'rung werden;
Der Tod heilt sie auf ewig dann.
Ich dachte damals nicht daran.
Die letzten Kräfte aufgerafft,
Tief durch des Waldes Dickicht drang ich...
Umsonst ach! mit dem Schicksal rang ich:
Es spottete des Armen Kraft!«

XX.

»Und aus dem Walde kam ich drauf.
Schon flammt' der junge Morgen auf,
Und seiner Strahlen Glanz verscheuchte
Die Sterne, meines Pfades Leuchte.
Der Wald begann sich zu beleben,
Fern sah ich wirbelnd Dampf aufschweben,
Und zu mir aus dem Thale schallte
Ein dumpf Getön mit Windesrauschen...
Ich setzte mich, fing an zu lauschen;
Doch schwieg der Wind und es verhallte.
Ich ließ umher die Blicke schweifen:
Die Gegend schien mir so bekannt,

Gott! wohin hatt' ich mich gewandt!
Ich konnte lauge nicht begreifen
Daß ich zu meinem Kerker kehrte,
Daß ich umsonst so viele Tage
In mir geheime Hoffnung nährte,
Geharrt, gelitten ohne Klage —
Und was der Lohn jetzt alles Strebens?
Daß in der Blüte meines Lebens
Wo ich in Gottes schöner Welt,
Zum Erstenmal ein Freier stand —
Kaum im Gesumm von Wald und Feld
Der Freiheit süßen Rausch erkannt —
Ich jetzt mit mir zu Grabe trage:
Getäuschter Hoffnung bittre Klage,
Den Gram ob meinem Vaterlande,
Und mehr noch: Eures Mitleids Schande! . . .
Den Geist von Zweifeln noch umwallt
Dacht' ich dem Schreckenstraume nach . . .
Doch wieder durch die Stille schallt
Fernher der Glocke lauter Schlag —
Und klar ward Alles mir und helle . . .
O! ich erkannt' ihn auf der Stelle!
Und ohne Thränen lauscht' ich lange,
Und ohne Kraft, dem grausen Klange.
Der eignen Brust schien er entflossen —
Es war, als hätte Jemand mir
Ein Eisen in die Brust gestoßen.
Und traurig dacht' ich da daß mir
Zum trauten Laub wo ich geboren
Auf ewig nun die Spur verloren.«

XXI.

»Ja, Greis, mein Loos verdiente ich!
Das Roß der Steppe, hat es sich
Des fremden ungeschickten Herrn
Entbärdet, findet's aus der Fern'
Mit Sicherheit die grade Spur
Zu seines Heimatlandes Flur...
Was war ich neben ihm? — Ob voll
Das Herz von Gram und Sehnsucht schwoll —
Nur leere, matte Glut durchkreist' es,
Der Träume Spiel, Krankheit des Geistes.
Das Zeichen meines Kerkers blieb
Auf mir zurück; — so, matt von Trieb,
Auf zwischen feuchten Steinen schießt
Die Kerkerblume; lang' erschließt
Sie ihre jungen Blätter nicht,
Erwartend stets der Sonne Licht —
Da, eine mitleidsvolle Hand
Verpflanzt von dunkler Kerkerwand
Sie in ein freies Rosenbeet;
Und rings von allen Seiten weht
Des Daseins Süßigkeit und Wonne...
Was hilft's? Kaum flammt die Morgensonne
So muß versengt von ihrem Glühn
Das Kerkerblümchen schnell verblühn.«

XXII.

»Dem Blümchen gleich, versengte mich
Der unbarmherz'gen Sonne Strahl;
Umsonst zum Schuhe steckte ich
Den Kopf in's hohe Gras im Thal:
Gleich einem Dornenkranze schlangen
Die Halme sich, die dürren, langen,
Um meine Stirne. Aus der Spalte
Der weißen Felsen Dampf aufwallte.
Die Welt in schwerem Traume lag.
O, hätte nur der Wachtel Schlag
Getönt, das Schwirren der Libelle,
Das Murmeln klarer Bacheswelle! —
Vorsichtig durch den Rasen glitt
Nur eine Schlange, die, wie eine
Mit goldner Schrift bedeckte Klinge,
Den Staub, den stiebenden, durchschnitt.
Es schimmerten im Sonnenscheine
Vom Rücken fettig bunte Ringe;
Drei halbe Ringe bildend, wand
Sie sich, im heißen Sande liegend —
Dann schnell als wäre sie verbrannt,
Aufsprang sie, hin und her sich biegend,
Bis im Gebüsch sie ganz verschwand . . .«

XXIII.

»Und ſtill, vom reinſten Blau umzogen
Erſchimmerte der Himmelsbogen.
Vor mir ſah ich zwei Berge ſtehn
Und dunkel durch den Nebel ſcheinen,
Und hinter'm Rücken her des Einen
Konnt' ich die Kloſtermauern ſehn.
Und unten in der Tiefe zogen
Aragua's und Kura's Wogen,
Die blühend friſchen Inſeln ſchäumend
Mit ſilbernem Gebräm' umſäumend;
Die Wurzeln ſchwankender Gebüſche
Umrauſchte ihre Wogenfriſche ...
Noch weit war's bis zum Inſelland.
Ich wollte aufſteh'n — doch es ſchwand
Mir Alles wirr im Kreis herum;
Ich wollte ſchreien — doch ich fand
Die trockne Zunge ſtarr und ſtumm;
Und mein Bewußtſein fühlt' ich fliehn,
Und fiebriſch fühlt' ich's mich durchziehn
Wie Wahnſinn vor dem Tod.

Mir ſchien

Ich läge auf dem feuchten Grunde
In eines tiefen Stromes Schlunde —
Umhüllt von Nacht geheimnißvoll.
Und, löſchend meines Durſtes Glut,
Die eiſigkalte Waſſerflut
Friſch murmelnd in die Bruſt mir quoll ...
Mir bangte daß mich Schlaf umzog —
So ſüß war mir's und wonniglich ...
Und über meinem Haupte hoch
Drängt' Welle wild auf Welle ſich,

Und süßer glänzt als Mondenschein
Die Sonne in die Flut herein.
Und hin und wieder durch die Wogen
Der Fische bunte Schaaren zogen,
Zu spielen wo die Strahlen schienen.
Noch denk ich Eines unter ihnen:
Mich hoch umkreisend, hin und wieder
Taucht' er vertraulich zu mir nieder,
Goldschuppig glänzt' des Rückens Haut;
Und immer näher, lieb und traut,
Um mich im Kreise dreht er sich;
Aus seinen grünen Augen quoll
Ein Blick so tief und wehmuthvoll,
Daß stummes Staunen mich beschlich ...
Und seine Silberstimme raunte
Mir Worte, wunderbar gelaunte.
Er sang zu mir:

»Mein eigen sei,
»Mein Kind, bei mir bleib du:
»Im Wasser ist das Leben frei,
»Und hier ist Kühl' und Ruh.

»Ich rufe meine Schwestern her:
»Und Tanzesreih'n und Scherz
»Klärt deinen Blick so kummerschwer,
»Erfreut dein müdes Herz.

»Schlaf; weich dein Bett bereitet steht,
»Die Decke klar und rein,
»In süßem Traum die Zeit vergeht,
»Die Welle wiegt dich ein!

»Ich liebe dich, du junges Blut,
»Dich mir zu eigen gieb!
»Bist mir wie frische Wasserflut,
»Mir wie mein Leben lieb!«

Und lange, lange lauschte ich;
Mir schien als ob das Flutgezische
In leisem Wellenmurmeln sich
Mit dem Gesang des Fischleins mische.
Da, mein Bewußtsein plötzlich brach.
Von Dunkel schien die Welt umzogen,
Die schönen Bilder all' verflogen:
Es gab des Geistes wildes Wogen
Der Mattigkeit des Körpers nach . . .«

XXIV.

»So fandet ihr mich in den Steppen,
Ließt mich zurück in's Kloster schleppen . . .
Was sonst geschah, ist dir bekannt. —
Ob, was ich sagte, Glauben fand,
Ob nicht, es gilt mir gleich. Nur quält
Mich's, daß mein Leichnam nicht erlesen,
Im Land der Väter zu verwesen —
Daß Alles, was ich dir erzählt,
Wie ich gelitten und gerungen:
Einst, wenn mich Grabesnacht umhüllt
Kein Herz mehr mit Erinnerungen
An meinen dunklen Namen füllt . . .«

XXV.

»Leb wohl ... reich' deine Hand mir, Greis:
Du fühlst, wie meine glühend heiß ...
Und wisse, schon von Kindheit her
Schloß meine Brust dies Feuer ein;
Jetzt findet's keine Nahrung mehr,
Will aus den Banden sich befrei'n,
Um wieder auf zu Dem zu wallen
Der alle seine Kinder liebt,
Und der nach ew'gem Rathschluß Allen
Dort Ruhe oder Leiden giebt ...«

XXVI.

»Wenn meine Pulse ausgeschlagen, —
Und glaub's, du wirst nicht lange warten —
So lasse mich hinübertragen
Auf jenen Platz in unserm Garten,
Wo traulich zwei Akazienbäume
In weißer Blüte sich erheben ...
Es wächst das Gras so dicht daneben,
Es weht die Luft so frisch, voll Duft
Hin durch die hellen Blütenräume,
Es spielt so goldig klar und rein
Das Blättchen dort im Sonnenschein!
Da, Greis, laß meine Ruhstatt sein.
Und in des blauen Tages Strahl
Erquick' ich mich zum letzten Mal,
Von dort seh ich den Kaukasus!

Vielleicht von seinen Höhen her
Schickt, mit den kühlen Winden, er
Mir freundlich seinen Abschiedsgruß . . .
Und eh' ich sterbe, höre ich
Die heimatlichen Klänge wieder,
Dann wird mir sein als neige sich
Ein Freund, ein Bruder zu mir nieder,
Der tröstend seine Hand mir reicht,
Den kalten Schweiß vom Antlitz streicht,
Und raunt mir flüsternd süße Lieder
Vom Heimatland in's Ohr hinein . . .
Mit dem Gedanken sink' ich nieder
Und Niemand fluchend, schlaf ich ein! . . .«

Lied von dem Zaren Iwan Wassiljewitsch, von seinem jungen Leibwächter und dem kühnen Kaufherrn Kalaschnikow.

O du grauser Zar, Iwan Wassiljewitsch!
Von dir schufen wir unser helltönend Lied,
Von deinem Lieblingswächter Kiribéjewitsch,
Und von dem kühnen Kaufherrn Kalaschnikow; —
Wir schufen es im Tone der alten Zeit,
Wir sangen es zur Gusli, der helltlingenden;
Wohl oft sangen wir's, oft wiederholten wir's,
Zur Lust, zum Ergötzen des rechtgläubigen Volks.
Und der Bojar Matwei Romobanowsky
Bei uns eine Schale voll schäumendem Meth;
Die antlitzweiße Bojarin aber
Bot uns auf einer Schüssel von Silber dar
Ein neues Handtuch, ein mit Seide genähetes.
Sie bewirtheten uns drei Tage und Nächte lang,
Und sie hörten unser Lied immer von Neuem an.

————

I.

Nicht leuchtet am Himmel die rothe Sonne mehr,
Nicht mehr liebelt mit ihr das dunkle Gewölk;
Sieh', beim Gastmahl, mit goldner Krone, sitzt,
Sitzt der grause Zar, Iwan Wassiljewitsch!
Stumm hinter ihm stehen die Stolniki,*)
Ihm gegenüber die Bojaren und Fürsten all,
Ihm zur Seite steht der Leibwächter Schaar;
Und es schwelgt der Zar zum Ruhme Gottes viel,
Und zu eigener Lust und Ergötzlichkeit.
Gnädig lächelnd befahl der Zar allda
Süßen Wein zu bringen, überseeischen,
Damit zu füllen seinen goldenen Humpen,
Und man reicht den Wein seinen Wächtern dar;
Und alle tranken davon, und sie rühmten den Zar.

Nur Einer von Allen, von der Wächter Schaar,
Ein stürmischer Kämpe, ein kühner Gesell,
Netzte die Lippen im goldnen Humpen nicht;
Schweigend senkt er zu Boden den finstern Blick,
Schweigend senkt er den Kopf auf die breite Brust —
Aber grimme Gedanken schwellen die breite Brust.
Allda runzelt der Zar seine schwarzen Brauen,
Und richtet auf ihn seinen scharfen Blick,
Wie der Habicht herab aus der Wolkenhöh'

Auf bie junge blauflügliche Taube schaut. —
Doch ber junge Kämpe erhob fein Auge nicht,
Und es murmelt ber Zar ein brohenb Wort,
Und finster schaut er ben Leibwächter an.

»Du unser treuer Diener Kiribéjewitsch,
Birgst bu schlimme Gebanken in beiner Brust?
Ober beneibest bu unsern Fürstenruhm?
Ober erfüllt bich mit Mißmuth ber Ehrenbienst?
Wenn ber Monb aufgeht, freuen bie Sterne sich
In seinem Glanz zu wanbeln am Himmelszelt;
Aber welcher Stern sich in ben Wolken verbirgt,
Der fällt schnell verlöschenb zur Erbe herab.
Dir mißfällt, wie es scheint, Kiribéjewitsch,
Deines Zaren Gelag unb Ergötzlichkeit;
Unb bist boch vom Geschlechte ber Skuratow,
Unb erzogen im Hause ber Maljutin!«

Also antwortet brauf Kiribéjewitsch
Dem graufen Zaren, mit tiefem Gruß:
— »Du unser Herrscher, Iwan Wassiljewitsch!
Zürne ob beines unwürbigen Sklaven nicht.
Dem heißen Herzen taugt nicht ber süße Wein,
Er verscheucht meine finstren Gebanken nicht!
Aber hab' ich bich erzürnt — so geschehe bein Wille:
So befiehl mich zu strafen, mir ben Kopf abzuhau'n;
Er liegt mir auf ben Schultern wie eine schwere Last,
Vor bir bis zur feuchten Erbe beugt er sich. — «

Unb es sprach zu ihm Zar Iwan Wassiljewitsch:
»Aber was macht bich so trübe, bu kühner Gesell?
Ist bir nicht fein genug mehr bein sammt'ner Kaftan?
Deine schmucke Mütze aus Zobelfell?

Fehlt's an Geld dir, ist die Tasche leer?
Oder hat Scharten bekommen dein stählern Schwert?
Oder hat Schaden genommen dein gutes Roß?
Oder trugest du eine Wunde davon
Im Faustkampfe auf dem Mosquastrom?« [10])

Darauf antwortet Kiribéjewitsch,
Verneinend schüttelnd sein lockiges Haupt:
»Nicht der Faustkampf hat meinen Kummer erzeugt,
Keine Schuldennoth und kein Mangel an Geld;
Wohlauf ist mein muthiges Steppenpferd,
Und wie helles Glas schimmert mein scharfes Schwert,
Und am Festtage, durch deine Gnade, Zar,
Bin ich nicht schlechter gekleidet als Andere;
Aber höre, vernimm was mich traurig macht:

»Muthig saß ich zu Rosse, auf schnellem Roß,
Ritt zum Mosquaftrome, zum Eiseslauf,
Einen seidenen Gürtel um den schmucken Kaftan,
Auf dem Kopfe die Mütze, die sammetne,
Die mit schwarzem Zobel gefütterte.
Vor den Häusern zuneben den Pforten steh'n
Viel hübsche Mädchen, junge, rothwangige,
Flüstern und schäkern und kichern froh —
Nur Eine von ihnen flüstert und schäkert nicht,
In die buntstreifige Fata [11]) verhüllt sie sich . . .

»Im heiligen Rußland, unserm Mütterchen,
Sucht umsonst solche Schöne der spähende Blick:
Wie von Wellen getragen geht sie — einem Schwane gleich,
Und ihr Blick ist so süß — wie ein Taubenblick,
Ihre Stimme so rein — wie Nachtigallsang;
Es glühen ihre Wangen, roth angehaucht,

Wie die Morgenröthe am Gotteshimmel;
In gold'nen Flechten wallt das lange Haar,
Mit hellen Bändern schmuck zusammengeknüpft,
Um den Nacken schlängelt's, um die Schultern her,
Küßt die weiße Brust, die hochschwellende . . .
Sie stammt vom Geschlecht eines Handelsherrn,
Heißt mit Namen Alona Dmitrewna.

„Und seh ich das Weib, bin ich selbst nicht mein,
Taumelnd hängen die Arme, die kräftigen,
Düster werden die Augen, die blitzenden;
Drückend, grausig ist mir's, o rechtgläubiger Zar!
So versiechen zu seh'n meine Kraft, meinen Muth.
Mein schnellfüßiges Steppenroß ekelt mich an,
Dazu die Gewänder, die sammtnen;
Und gleichgiltig ist mir jetzt Silber und Gold,
Mit wem soll ich theilen mein Silber und Gold?
Vor wem soll ich zeigen meinen jungen Muth?
Vor wem mich brüsten mit meinem schmucken Gewand?

„Laß mich fortzieh'n zur Ferne, in's Steppenland,
Dort in Freiheit zu leben nach Kosakenart.
Dort wird bald mein Kopf, der stürmische,
Einer Lanze der Bußurmanen [12]) zum Schmuck,
Und den bösen Tataren zur Beute wird
Mein muthiges Roß, mein scharfes Schwert,
Dazu das Geschirr, das tscherkessische.
Meine weinenden Augen hacken die Geier aus,
Meine feuchten Knochen wäscht der Regen ab,
Und unbegraben fliegt mein verkümmerter Staub
Von den Winden getragen nach allen Seiten hin . . .“

Lächelnd sprach darauf Iwan Wassiljewitsch:
„Nun du mein treuer Diener! deinem Ungemach,

Deinem Kummer und Gram schafft sich Hülfe leicht.
Da, nimm meinen Ring mit Rubin geschmückt,
Und diese bernsteingeschlungene Halsschnur nimm.
Erst such' eine kluge, schlaue Freiwerberin,
Und dann schicke das kostbare Hochzeitsgeschenk
Deiner geliebten Alona Dmitrewna zu:
Gefällt es ihr, feierst du Hochzeit bald,
Gefällt es ihr nicht, sei nicht böse darum.«

 — O rechtgläubiger Zar, Iwan Wassiljewitsch!
Es hat dich getäuscht dein verschmitzter Sklav,
Hat dir Falsches geredet, nicht die Wahrheit gesagt!
Er hat dir verschwiegen, daß das schöne Weib
In der Kirche Gottes einem Andern getraut,
Getraut mit einem jungen Kaufmann ist sie
Nach unserm Gesetze, dem christlichen — ...

 Kinder, fallt mit ein — stimmt die Gußli rein!
Laßt der Gußli Saiten singend uns begleiten!
Dem guten Bojaren zur Ergötzlichkeit,
Und der antlitzweißen Bojarin zum Dank!

II.

Vor seiner Bude ein junger Kaufmann sitzt,
Der stattliche Bursch Stephan Paramonowitsch, [13])
Mit Familiennamen Kalaschnikow;
Seidene Waaren breitet er sorgsam aus,
Mit süßer Rede lockt er die Käufer herbei,
Das gewonnene Geld überzählt er schlau.
Aber kein guter Tag fiel dem Kaufmann zu Theil,
Viele reiche Bojaren gingen vorbei,
Und zu seiner Bude kam keiner heran.

Schon verhallt ist das Geläut, das zur Vesper rief,
Dunkel flammt hinterm Kremlin das Abendroth,
Eilig fliehen die Wolken am Himmel hin, —
Schneegestöber peitschen die Winde herbei;
Nach und nach wird der Kaufhof von Menschen leer.
Und auch Stephan Paramonowitsch schließt
Seine Bude zu mit der eichenen Thür,
Mit einem deutschen Schlosse, einem ächten, daran;
Und sinnend geht er nach Hause und denkt
An seine junge Frau hinterm Mosquastrom.

Und gelangt er zuletzt in sein hohes Haus,
Und es wundert sich Stephan Paramonowitsch,
Nicht begegnet sein Blick seiner jungen Frau,

Ungedeckt noch steht dort der eichene Tisch,
Kaum noch flackert das Licht vor dem Heiligenbild.
Und er ruft seine alte Haushälterin:

»Du sag' an, sag' an, Jereméjewna,
Wohin ist verschwunden, wo hat sich versteckt
In so später Stunde Alona Dmitrewna?
Und haben meine lieben Kinderchen
Schon Thee getrunken, sich müde gespielt,
Und hat man sie schon zu Bette gebracht?«

»— O du mein Herr, Stephan Paramonewitsch!
Gar seltsame Dinge sind heute gescheh'n:
Ging zur Vesper zu beten Alona Dmitrewna;
Schon ist der Pope zurück mit seiner jungen Frau,
Haben Licht angezündet und essen zur Nacht —
Aber deine junge Frau bis zu dieser Zeit
Ist aus der Kirche noch nicht zurückgekehrt.
Und die Kinderchen sind auch noch nicht schlafen gelegt,
Sind nicht spielen gegangen, weinen immerfort:
Die armen Würmchen wollen ihre Mutter seh'n. —«

Und grimme Gedanken umzogen die Stirn
Des jungen Kaufmanns Kalaschnikow;
Und er stellt sich an's Fenster, sieht zur Straße hinaus —
Doch in dunkle Nacht war die Straße gehüllt;
Weißer Schnee flockt herab, wächst zu dicker Schicht,
Und der Fußtritt des Menschen verliert sich darin.

Horch, da schallt's vom Flur als öffne die Thüre sich,
Und er vernimmt leiser flüchtiger Tritte Schall;
Er lauscht, sieht sich um — und beim heiligen Gott!
Sieh da, vor ihm steht zitternd sein junges Weib,

Zitternd und bleich, mit bloßem Haar,
Die goldenen Flechten wild aufgelöst —
Weiße Schneeflocken hängen statt des Schmucks darin:
Die Augen rollen wie im Wahnsinn umher,
Unverständlich fällt von den Lippen das Wort.

»Nun was treibst du dich, Weib, noch so spät umher?
Von welchem Hofe, welchem Markte kommst du,
Daß dein Haar so zerzaust und aufgelöst,
Daß deine Kleider zerknickt, zerrissen ganz?
Bist du zu Gaste gewesen, hast Liebschaft gesucht
Bei einem hübschen reichen Bojarensohn? . . .
Bist du deshalb vor dem heilgen Muttergottesbild
Mir zur Lebensgefährtin angetraut,
Haben wir deshalb die goldenen Ringe gewechselt? . .
Wart' du, in ein finst'res Gemach sperr ich dich,
Mit eisenbeschlagener Eichenthür,
Daß dir Gottes heller Tag verschlossen bleibt
Und du ferner nicht meinen guten Namen entehrst . . .«
Wie Alona Dmitrewna die Worte hört,
Erbangt schier und zittert das liebe Weib,
Gleich einem Herbstblatt am Baum vom Sturm bewegt,
Bittre, bittre Thränen entrollen ihr,
Und zu den Füßen ihres Mannes wirft sie sich.

»O du mein Herr, meine rothe Sonne du!
Hör' mich ruhig an oder tödte mich!
Deine Worte sind mir wie ein scharfes Schwert;
Du reißt mir damit das Herz blutig auf.
Ich fürchte die Marter des Todes nicht,
Auch nicht der Leute böses Geschwätz,
Den Verlust deiner Liebe nur fürchte ich!

»Als ich heim von der Vesper nach Hause ging,
Die krumme einsame Straße entlang,
Da erscholl es plötzlich wie Geklirr hinter mir;
Ich sehe mich um — läuft ein Mann auf mich zu!
Meine zitternden Füße knickten unter mir,
Mit meiner seidenen Fata verhüllt' ich mich.
Und kräftig greift er meine bebende Hand,
Und mit leisem Geflüster sagt er mir:

»»— Was erschrickst du denn so, du mein schönes Kind?
Ich bin kein Mörder, kein nächtlicher Dieb,
Ich bin ein Diener des Zaren, des grausen Zar;
Und ich heiße mit Namen Kiribéjewitsch,
Aus dem berühmten Geschlechte Maljutin . . . .««

»Da erschrak ich noch ärger als vorhin schon,
Und mein armer Kopf ging wirr im Kreise mir.
Und er fing mich zu küssen, zu kosen an,
Und liebkosend sprach er in Einem fort:

»»— Sag' an, schönes Kind, was du haben willst,
Holdes Täubchen du, mein geliebtes Kind!
Willst du Gold, verlangt dir's nach Perlenschmuck?
Willst du Edelgestein oder blumigen Sammt?
Wie eine Zarin sollst du gekleidet gehn,
Zum Neide, zum Aerger aller anderen Frau'n,
Nur laß mich nicht sündigen Todes sterben:
Lieb' mich mein Kind, liebe und küsse mich,
Wenn auch Einmal nur, zum ersten und letzten Mal! —««

»Und dann küßt er mich wieder und kosete mich,
Noch jetzt fühl' ich brennend die Wangen glühn,
Wie ein Rasender fester umschlang er mich,

Mit seinen ruchlosen Küssen bedeckte er mich . . .
Und aus den Fenstern rings lugten die Nachbarinnen
Und zeigten verhöhnend mit den Fingern auf uns.

»Wie ich mich sträubend seinen starken Armen entwand
Und in stürmischer Hast dem Hause zulief,
Blieb in den Händen des Räubers zurück
Mein gesticktes Tuch das du mir geschenkt,
Und meine bucharische Hata dazu.
So ward ich beschimpft, von dem Buben entehrt,
Ich, deine ehrliche treue Frau! —
Und die schlimmen Nachbarinnen, die mich gesehn! —
O Gott! ewig bin ich beschimpft und entehrt!

»O gieb mich nicht, mich, dein treues Weib,
Dem bösen Gespött, der Verachtung preis!
Wer außer dir ist, der mir helfen kann?
Auf der weiten Welt steh ich als Waise allein:
Mein alter Vater liegt längst im feuchten Grab,
Ihm zur Seite ist meiner Mutter Grab;
Mein ältester Bruder, wie du selber weißt,
Ist seit lange verschollen in fremdem Land,
Und mein jüngster Bruder ist noch ein kleines Kind,
Bedarf selbst meiner Hülfe und Pflege noch . . .«

Also jammerte Alona Dmitrewna,
Und sie weinte bittere Thränen dabei.

Und es schickt darauf Stephan Paramonowitsch
Zu seinen beiden jüngern Brüdern hin:
Und die beiden Brüder kamen und grüßten ihn;
Und also redeten ihn die beiden an:

10*

»Sprich was ist mit dir, ist dir ein Unglück geschehn?
Daß du zu uns geschickt in so später Stund,
So spät in der stürmischen Mitternacht?«

»— Wohl, lieben Brüder ist mir ein Unglück geschehn,
Mir und meiner ganzen Familie:
Geschändet ist unser ehrliches Haus
Durch einen Diener des Zaren, Kiribéjewitsch;
Ein Unglück, das meine Seele nicht trägt,
Das zu schwer auf dem dulbenden Herzen liegt.
Wenn man morgen den festlichen Faustkampf hält
Auf der Mosqua, in des Zaren Gegenwart,
Werd' ich kämpfen mit dem Leibwächter Kiribéjewitsch
Einen furchtbaren Kampf, auf Leben und Tod.
Und tödtet er mich — so verzagt nicht darob,
Betet zur Jungfrau, der allerheiligsten!
Ihr seid jünger als ich, seid noch frischer an Kraft,
Und weniger Sünden lasten auf Euch,
Der Herr wird Euer Hort, Euer Helfer sein!«

Solches sprachen die Brüder zur Antwort darauf:
»Wohin der Wind weht vom Himmelsgewölb,
Dahin eilen die Wolken, die willigen.
Wenn der blaue Adler zu Gaste ruft
Nach der Wahlstatt zu fliegen, der blutigen,
Zum Festesmahle, zum Leichenfraß,
So folgen alle Jungen des Alten Flug.
Du bist der ältere Bruder, unser zweiter Vater,
Thu' was dir gut dünkt, nach eigener Wahl —
Wir gehorchen dir willig, verlassen dich nicht.«

———

III.

Ueber der Mosquastabt, der goldköpfigen,
Ueber den Kremlinsmauern, den weißsteinigen,
Hinter fernem Gehölz, blauen Bergen her,
Flammt, die weißen Dächer der Häuser vergoldend,
Und die feuchten, verdüsternden Wolken zertheilend,
Die leuchtende Morgenröthe auf;
Und sie reinigt lächelnd das goldene Haar,
Wäscht ihr Antliß im weißen Schnee,
Einer Schönen gleich, die sich im Spiegel beschaut,
Schaut sie wohlgefällig lächelnd vom Himmel herab.
Warum, schönes Frühroth, sprich, bist du erwacht?
Welche Freude, sprich, bist du gekommen zu sehn?

Schon zur Stadt hinaus wandern, schon versammeln sich
Die kühnen Kämpfer der Faust, die Moskowischen,
Auf dem Mosquastrom, auf der Eisesbahn.
Schon nahet der grause, rechtgläubige Zar,
Mit seinen Bojaren und seiner Wächterschaar;
Und er befiehlt eine silberne Kette zu ziehn,
Eine silberne Kette mit Gold geziert.
Und sie umzogen mit der Kette einen freien Plaß
Von fünfundzwanzig Saßen¹⁴) zum Kampfesspiel.
Und hieß darauf Zar Iwan Wassiljewitsch
Mit lauter Stimme zu rufen das Aufgebot:
»Herbei, eilt zum Kampfe, ihr kühnen Gesell'n!
Unsern Vater zu ergößen, den grausen Zar,
Eilt herbei, tretet ein in den breiten Kreis.

Wer Sieger von Euch wird, den belohnet der Zar,
Dem Besiegten aber wird unser Herrgott verzeih'n!«

Und hervor tritt der kühne Kiribejewitsch,
Und er neigt sich vor dem Zar bis zum Gürtel tief,
Wirft von den starken Schultern seinen sammtnen Pelz,
Stützt fest in die Seite die rechte Hand,
Rückt mit der andern die schmucke Mütze zurecht,
Und so erwartet er einen Gegner zum Kampf.
Dreimal ergeht zum Kampfe das Aufgebot —
Aber keiner von den Kämpen rührt sich rings,
Alle stehen stumm, Einer stößt den Andern an.

Im Kreise geht der Leibwächter auf und ab,
Und verhöhnt die umstehenden Kämpen laut:
»Nun, was steht ihr so still da, als fürchtet Ihr Euch!
Wagt sich Keiner heran unter meine Faust,
Zum Ergötzen des Zars, des rechtgläubigen?«

Plötzlich theilt sich der Haufen nach beiden Seiten hin,
Und hervortritt Stephan Paramonowitsch,
Der junge Kaufmann, der kühne Gesell,
Mit Familiennamen Kalaschnikow;
Tief verbeugt er sich erst vor dem grausen Zar,
Und dann vor dem weißen Kremlin mit den heiligen Kirchen,
Und zuletzt vor dem versammelten Russenvolk.
Wildes Feuer durchflammt sein Adleraug,
Mit festem Blick schaut er den Leibwächter an,
Darauf ihm gegenüber kühn stellt er sich,
Zieht die schützenden, dicken Fausthandschuh an,
Zieht die breiten, gewaltigen Schultern auf,
Und glättet schmuck seinen lockigen Bart.

Darauf redet zu ihm Kiribéjewitsch:
»Aber sag mir zuvor, du kühner Gesell,
Aus welchem Geschlechte und Stamme bist du,
Und wie mit Namen nennst du dich?
Daß man weiß wem zu bestellen das Todtenamt,
Und daß ich bei Namen kenne, den ich besiegt.«

Und es antwortet Stephan Paramonowitsch:
»Ich heiße mit Namen Stephan Kalaschnikow,
Ich bin geboren von ehrlichem Elternpaar,
Und habe immer nach Gottes Geboten gelebt:
Nie geschändet hab' ich meines Nachbarn Weib,
Bin nie auf Raub geschlichen im Dunkel der Nacht,
Habe nie mich versteckt vor dem Tageslicht...
Wohl gesprochen hast du ein wahres Wort:
Ueber Einen von uns hält man Todtenamt,
Und nicht später als morgen zur Mittagszeit;
Und Einer von uns wird sich rühmen des Siegs
Mit den kühnen Freunden, beim Festesmahl...
Nicht ist's Zeit jetzt zu Scherzen, zu Spott und Hohn,
Ich bin zu dir gekommen, du Heidensohn,
Zu furchtbarem Kampfe auf Leben und Tod!«

Und als Kiribéjewitsch die Worte hört,
Erblaßte sein Antlitz, wurde bleich wie der Schnee,
Seine blitzenden Augen verfinsterten sich,
Es durchrieselt ihn kalt wie ein Eiseshauch,
Auf den offenen Lippen erstarb das Wort.

Schweigend nahen die beiden Kämpfer sich,
Und der furchtbare, ritterliche Kampf hebt an.

Kiribéjewitsch erhebt zuerst seine Hand,
Und führt einen Schlag auf Kalaschnikow,

Und trifft ihn tief in der Mitte der Brust —
Von dem Schlage erbebte die muthige Brust.
Und zurück schwankte Stephan Paramonowitsch;
Er trug auf der Brust ein metallenes Kreuz,
Mit heiligen Reliquien aus Kiew geschmückt,
Und es bog sich das Kreuz, ward tief ins Fleisch gepreßt,
Und in dickem Strom quoll das Blut dabei.

Und es spricht für sich Stephan Paramonowitsch:
Wen das Unglück trifft, auf den komme es;
Ich werde kämpfen so lange im Arme noch Kraft!
Und er sammelt sich wieder und bereitet sich,
Nimmt zusammen seine ganze Kraft,
Und führt mit gewaltiger Wucht einen Schlag
Ueber die linke Schläfe die Schulter hinab.

Und der junge Leibwächter stöhnte leis,
Strauchelte, fiel todt zu Boden hin;
Getroffen stürzt er hin auf den weißen Schnee,
Wie im Walde ein junger Fichtenbaum
Bei der Wurzel abgehauen zu Boden kracht,
Derweil aus dem Stamme das Harz entquillt.
Wie der Zar das sah, Iwan Wassiljewitsch,
Ergrimmte er, stampft auf den Boden voll Zorn,
Und grimmig zieht er die finsteren Brau'n,
Befiehlt zu ergreifen den kühnen Gesell'n,
Den jungen Kaufmann Kalaschnikow,
Ihn zu führen in seine Gegenwart.

Und also sprach zu ihm der rechtgläubige Zar:
»Steh mir Rede, antworte wahrhaft mir,
Erschlug mit Vorsatz, oder durch Zufall, dein Arm
Meinen tapfern Kämpen Kiribejewitsch?«

»Ich will dir ehrlich gestehen, rechtgläubiger Zar:
Aus freiem Vorsatz erschlug ich ihn,
Aber warum und wofür — das sag ich dir nicht,
Das gesteh ich nur Gott, dem Einigen!
Befiehl mich zu tödten — auf dem Richtplatz mir
Den unschuldigen Kopf vom Rumpfe zu hau'n;
Nur verlaß meine armen Kinderchen nicht!
Verlaß nicht mein junges, unschuldiges Weib
Und entzieh meinen Brüdern deine Gnade nicht . . .«

— »Du hast wohl gethan, du kühner Gesell,
Du Kämpfer der Faust, junger Kaufmannssohn,
Daß Du Antwort gegeben nach Wahrheit und Pflicht.
Deinem jungen Weibe und deinen Kindern zahl ich
Aus eigener Kasse ein Jahrgeld aus,
Deinen Brüdern erlaub' ich von diesem Tag
Freien Handel im weiten Rußenland,
Ohne Abgaben zu zahlen noch Zollgebühr;
Du selbst aber, junger Kaufmannssohn,
Sollst zum Richtplatz gehn, auf das hohe Schaffot,
Dort zur Ruhe legen deinen stürmischen Kopf.
Ich werde wetzen lassen ein starkes Beil,
Und dem Henker befehlen sein Kleid anzuthun;
Ich werde befehlen die große Glocke zu läuten,
Um allen Mosquabewohnern kund zu thun,
Daß ich auch an dir meine Gnade geübt . . .«

Auf dem Platze wogt es von Volksgedräng,
Die große Glocke läutet in klagendem Schall,
Tönt weithin die traurige Botschaft umher.
Auf dem Richtplatz, auf dem hohen Schaffot,
Im rothen Hemde, mit heller Schürze davor,
Mit dem großen, dem scharfgewetzten Beil

Geht der Henkersknecht fröhlich auf und ab,
Und harrt seines Opfers, des Kaufmannssohns;
Und der junge Kämpe, der Kaufmannssohn
Nimmt Abschied von seinem Brüderpaar:

»Nun Brüder, meine lieben Freunde,
Laßt mich Euch küssen, umarmen zum Letztenmal,
Zur letzten Trennung auf dieser Welt.
Grüßt von mir Alona Dmitrewna,
Helft ihr ihren Kummer zu mäßigen,
Und daß sie meinen Kindern nicht erzähle von mir!

»Grüßt von mir unser theures Elternhaus,
Und alle meine braven Bekannten grüßt,
Und betet in der Kirche Gottes für mich
Für das Heil meiner Seele, der sündigen!«

Und sie tödteten Stephan Paramonowitsch
Eines martervollen, schimpflichen Tod's;
Hoch auf dem Schaffote wälzte sich
Sein blutiges, sein gefallenes Haupt.

Und sie begruben ihn hinterm Mosquastrom
Auf freiem Feld, wo drei Wege gehn:
Nach Tula, nach Rjäsan und Wladimir,
Und aus der feuchten Erde machten sie einen Grabhügel hoch,
Und pflanzten drauf ein Kreuz aus Ahornholz.
Und es heulen und brausen die Winde jetzt
Ueber das öde Grab, das kein Name ziert;
Und viele gute Leute gehen vorbei,
Geht ein Greis vorüber — schlägt er fromm ein Kreuz,
Geht ein Bursch vorüber — blickt er stolz drauf hin,

Geht ein Mädchen vorüber — wird das Auge feucht,
Geht ein Sänger vorüber — singt er ein traurig Lied.

Selba, Sänger, junges Blut!
Singt noch Eins mit frohem Muth,
War der Anfang gut, sei das Ende auch gut!
Und eh' wir das Lied zu Ende geführt
Geben wir Ehre, wem Ehre gebührt:

Unserm freigebigen Bojar sei Ruhm!
Und der antlitzschönen Bojarin sei Ruhm!
Und allem christlichen Volke Ruhm!

Die drei Palmen.

Eine Morgenländische Sage.

Es standen drei mächtige Palmen im Sand,
Im Wüstenland, im arabischen Land.
Und unter den Palmen an schattiger Stelle
Sprang murmelnd und frisch eine kühlende Quelle,
Geschützt durch der mächtigen Palmen Grün
Vor Wüstensand und Sonnenglühn.

Wohl lange schon standen die Palmen im Sand,
Und noch nie kam ein Pilger aus fremdem Land
Hier Obdach zu suchen an schattiger Stelle,
Und durstig zu schöpfen vom sprudelnden Quelle.
Schon lichtet sich welkend der Palmen Grün,
Wird wärmer die Quelle im Sonnenglühn.

Da sprachen die Palmen zum Himmel gewandt:
»Was stehn wir hier trauernd im Wüstensand,
Verblühend, uns selber und Anderen nutzlos?
Weitab irrt der Pilger von uns und bleibt schutzlos,
Nie hat uns erfreuet ein dankender Blick,
So ungerecht übt seine Macht das Geschick!«

So klagten die Palmen, so murmelt ihr Laub,
Sieh: plötzlich dort wirbelt's von goldenem Staub:
Kommt klingend eine Karawane gezogen,
Wie schaukelnde Nachen auf Meereswogen
Sieht man auf der stäubenden Wüstenbahn
Doch ein Kameel nach dem andern nahn.

Und zwischen die Höcker der Thiere gesteckt
Manch buntes Gezelt ihre Rücken bedeckt —
Dort sieht man glühende Augen funkeln,
Aus weißem Gewand braune Hände dunkeln —
Zuneben reitet auf schwarzem Roß
Der mag're Araber mit Speer und Geschoß.

Es bäumt sich sein Rappe von Zeit zu Zeit,
Und streckt sich und springt wie ein Tiger weit.
Und flatternd die weißen Gewande wallen
Des Reiters, und faltenreich niederfallen —
Und wie er die Quelle schaut, pfeift er und singt
Vor Freude, und hoch seine Lanze schwingt.

Jetzt hat die Karawane die Palmen erreicht,
Und lärmend und froh Alles niedersteigt.
Nun füllt man die Schläuche und pflegt sich auf's beste.
Lustrauschend begrüßen die Palmen die Gäste:
Nun kühlt euch im Schatten nach brennender Glut,
Nun labt und erquickt euch in sprudelnder Flut! —

Doch Nachts, da der Zug sich gelabt und gepflegt,
Sieh: da wurde die Axt an die Palmen gelegt,
Und die seit Jahrhunderten prangten in Stolz da,
Sie wurden zerhauen gleich niedrigem Holz da,
Die Scheite verwendet zu loderndem Brand,
Und Kinder zerrissen der Palmen Gewand.

Am anderen Tage in früher Zeit
Macht sich die Karawane zum Zuge bereit.
Die Stätte war wüste, nur glimmen und qualmen
Sah man noch das Holz der mächtigen Palmen.
Bald wurden begraben im Wüstensand
Die letzten Reste vom Palmenbrand.

Und heute liegt's wüste und öde umher,
Es flüstert das Laub mit der Quelle nicht mehr,
Umsonst die versiegenden Wasser flehen
Um Schutz den Propheten — nur Staubwolken wehen;
Kein Pilger mehr ruht hier im schützenden Laub,
Nur der Geier zerreißt hier den blutigen Raub . . .

Borodino.

»Sag', Oheim! nicht umsonst in Flammen
Brach unser Moskau einst zusammen
    Vor des Franzosen Macht?
Wohl galt es kampfgewalt'ge Leute
Zum Streite um so reiche Beute,
Und nicht umsonst denkt man noch heute
    Der Borodino-Schlacht!«

— Ja! Männer gab's in unsern Zeiten,
Gleich stark im Dulden und im Streiten,
    Männer von Stahl und Erz —
Nur Wen'ge ließ die Schlacht am Leben,
Und, wär' es nicht um höh'res Streben,
Sie hätten nimmer preisgegeben
    Moskau, des Landes Herz!

In Trauern zogen wir von dannen,
Ergrimmt bis wir die Schlacht begannen;
    Manch Alter murrt und brummt:
»Was? will man uns schon einquartieren
Zum Winter, statt zu kommandiren
Die Bajonette zu probiren?«
    Das Murren bald verstummt!

Weit lag die Wahlstatt ausgebreitet,
Redouten wurden schnell bereitet,
   Wall thürmt sich hinter Wall.
Die Arbeit sollte sich belohnen —
Im Frühroth blitzen die Kanonen
Und fern der blauen Wälder Kronen —
   Franzosen überall!

Stark hatt' ich mein Geschütz geladen,
Zuviel — dacht' ich — kann hier nicht schaden:
   Die Feinde stehen dicht!
Die Kugeln sind von gutem Gusse,
Kommt das Geschütz nur erst zum Schusse,
Sollt ihr erfahren wie der Russe
   Für seine Heimat ficht!

Zwei Tage währte schon das Feuern,
Und noch einmal galt's zu erneuern
   Den Kampf mit ganzer Macht . . .
Noch war kein Ausgang zu versprechen,
Kurz nur des Kampfes Unterbrechen,
Und auf des Schlachtfeld's blut'ge Flächen
   Schwarz senkte sich die Nacht.

Ich lag bei der Laffette nieder.
Wir hörten fernher hin und wieder
   Geräusch vom Feindesheer.
Wir lagen still in freier Stätte,
Die Einen schnarchten um die Wette,
Die schliffen ihre Bajonette,
   Die putzten ihr Gewehr.

Doch kaum erglänzt das Frühroth wieder
Da lärmend bilden sich die Glieder,
  Der Oberst sprengt vorbei —
Wir hören seinen Ruf erschallen —
Das war ein Held! ein Vater Allen,
Ach! früh war's ihm bestimmt zu fallen,
  Ihn traf ein tödlich Blei!

Er sprach, und hell sein Auge flammte:
»Es gilt die Stadt, die angestammte,
  Moskau, des Landes Macht —
Für Moskau stehen oder fallen!«
Laut ließen wir den Schwur erschallen,
Gehalten ward der Schwur von Allen
  Bis ausgetobt die Schlacht.

Das war ein Tag! Schwarz durch den Dampf her
Wie Donnerwolken zog's im Kampf her
  Auf die Redouten los.
Dragoner, hoch mit Pferdeschweifen,
Ulanen, buntgescheckte Streifen
Auf ihren Fähnlein — Alle greifen
  Uns an mit wucht'gem Stoß.

Wild wogt's herüber und hinüber,
Wie Schatten schwebten uns vorüber
  Die Fahnen, — durch den Dampf
Erblißt es roth, Kartätschen zischen,
Ein Knattern, Klirren schallt dazwischen,
Mit Haufen blut'ger Leichen mischen
  Die Kugeln sich im Kampf.

Kund ward dem fränkischen Geschlechte
Wie Russen stehen im Gefechte,
    Was unser Faustkampf heißt!
Wie unsre Brust — die Erde dröhnte,
Ein tausendfältig Donnern tönte,
Der Reiter mit dem Rosse stöhnte,
    Tod und Verderben kreist.

Es dämmerte. Wir standen fertig
Und waren neuen Kampfs gewärtig
    Beim nächsten Morgenroth —
Doch nach und nach verstummt das Knallen,
Zum Rückzug alle Trommeln schallen . . .
Wir aber zählten die gefallen,
    Verwundet oder todt . . .

Ja! Männer gab's zu unsern Zeiten,
Stark im Gehorchen und im Streiten,
    Männer von Stahl und Erz!
Nur Wen'ge ließ die Schlacht am Leben,
Und, wär' es nicht um höh'res Streben,
Sie hätten nimmer preisgegeben
    Moskau, des Landes Herz! —

Die Rentmeisterin.

I.

T...w ist eine Stadt, die ehmals
Beim Zar in schlechtem Ansehn stand,
Doch ist sie jetzt so treu, wie jemals
Die allertreu'ste Stadt im Land. —
Drei Straßen, grade wie Kasernen
Hat sie, und Pflaster und Laternen.
Wirthshäuser auch sind zwei darin,
Genannt nach Moskau und Berlin.
Vier Schilderhäuser noch erwähnen
Muß ich, als eine Zier der Stadt —
Des Ortes Polizeiwacht hat
Hier Zeit zum Schnarchen und zum Gähnen.
Die Stadt ist hübsch, und in der Huth
Der Polizei ist sie auch gut.

II.

Doch ach! es herrscht hier Langeweile
Noch mehr als an der Newa Strand;
Die Klatschsucht schießt mit gift'gem Pfeile,
Die Dummheit klatscht mit dicker Hand;

Der Affe spielt den Eleganten;
Selbst von steifleinenen Pedanten
Ist Ueberfluß — und vor Klavier
Und Singsang schützt kein Mittel hier.
Und Damen — wahre Blumenstengel
Von Tugend — giebt's ein ganzes Schock
Dianen hier im Unterrock.
Sie selbst sind ohne Fehl' und Mängel,
Denn scharf von Zunge und Gesicht
Gehn sie mit Andern ins Gericht.

III.

Ein Wort hat wie ein Blitz entzündet
Die Stadt, daß man sie kaum noch kennt:
Die frohe Nachricht ist verkündet
Daß ein Ulanenregiment
Zum Winter kommt. Gott sei uns gnädig!
Der Oberst ist gewiß noch lebig,
Und der Brigadegeneral
Giebt sicher Bälle ohne Zahl!
Die steifste Mutter wird beweglich,
Gott! welche Aussicht für ihr Kind! . . .
Und nur die dummen Männer sind
Vor Geiz und Sorgen unerträglich —
Dem Neid, der Eifersucht ein Dorn
Im Aug' ist Uniform und Sporn.

IV.

Einstmals, es war am frühen Morgen,
Kaum flammte auf der junge Tag,
In ihren Betten noch verborgen
Die Welt der »höh'ren Kreise« lag;
Der goldne Knauf der Kathedrale
Erschimmerte im Morgenstrahle:
Ward es in T... w's Straßen laut,
Und wie das Auge abwärts schaut:
Den Oberst mit den Adjutanten
Voran, ziehn die Ulanen ein,
Zu sechs und sechs, in langen Reihn.
Ganz schläfrig sahn die Musikanten
Auf ihren Pferden aus — doch schön
Klang ihres Reitermarschs Getön.

V.

Und bei dem Wiehern, der Bewegung,
Dem Roßhuffschall und dem Geklirr,
Schlägt manches Herz in laut'rer Regung,
Und manches Mädchenaug' blickt wirr.
Vom Lager springt der Fuß, der flinke,
»Gott, wie du schläfrig bist, Kathluke!
Pantoffeln her und Morgenrock!
Iwan! der Kerl liegt wie ein Block —
Schnell, öffne doch die Fensterläden!«
Ganz angelaufen ist das Glas,
Hier fehlt noch dies, da fehlt noch das,
Ein Lärmen, Durcheinanderreden..
Doch endlich klar das Auge sieht
Den Zug, wie er vorüberzieht.

VI.

Welch Anblick! »Sieh nur, Katherine,
Den da!« — Wen, den Major? — »Ach nein,
Den rechts da mit der stolzen Miene,
Er scheint nur ein Kornel zu sein,
Doch, wie er herrlich sitzt zu Pferde!
Er grüßt so freundlich von Geberde
Herauf — den hab' ich schon gesehn
Im Traume neulich!« Lange stehn
Die Mädchen, sehen in Gedanken
Mit manchem lauten O! und Ach!
Dem langen Reiterzuge nach.
Im Wind die Federbüsche schwanken.
Es laufen unter Lärm und Schrein
Barfüß'ge Buben hinterdrein.

VII.

Dem Wirthshaus beigenannt »Moskowskoi«,
Wo der Ulanen Hauptquartier,
Wohnt gegenüber Herr Boblowsky,
Rentmeister der Regierung hier.
Er thut im alten Haus sich gütlich,
Das nicht geschmackvoll, doch gemüthlich
Erbaut: auf einem Säulenpaar
Ruht ein Balkon wie ein Altar.
Vier rund beschnitt'ne Birkenbäume
Stehn vorne; auf dem morschen Dach
Wächst Moos; doch jedes Fensterfach
Zeugt von der Pracht der innern Räume,
Rouleaux, Gardinen reich und dick,
Begegnen hier der Neugier Blick.

VIII.

Unheimlich saß mit großer Glatze
Und falschem Blick der Hausherr aus;
Doch, Dank dem öffentlichen Schatze:
Nie fehlt' es ihm an Geld im Haus.
Das Rechnen war ihm sehr geläufig,
Er spielte gern und spielte häufig
In Karten, wo der alte Mann
Bei hohem Einsatz meist gewann.
Und kam es vor daß er zuweilen
Auch eine Kleinigkeit verlor,
So schrieb er sich das hinter's Ohr,
Und suchte den Verlust zu heilen
Durch Kassengelder; gern ertränkt'
Er auch im Wein was ihn gekränkt.

IX.

Die Arbeit scheute wie Gefahr er,
Doch seinen Rath hielt Jeder hoch.
Der Schrecken aller Mütter war er,
Und ihrer Söhnlein Pädagog.
Durch welsche Hühner, Eier, Butter,
Von mancher zartbesorgten Mutter
Ward er als Pädagog geehrt,
Und seines Vorraths Schatz vermehrt.
Der Arzt, Kreishauptmann und der Richter
Besuchten ihn zu Tisch und Spiel —
Bei Tische spaßte er so viel
Und schnitt so komische Gesichter,
Daß seine junge Frau für ihn
Erröthend sich zu schämen schien.

X.

Vergeſſen hätt' ich faſt, zu melden,
Daß ihm auch eine Frau beſchert;
Und dieſe Hälfte unſres Helden
War wirklich allen Preiſes werth.
Er ſchätzte ſie auch hoch im Preiſe
Und ehrte ſie auf ſeine Weiſe;
Nicht, daß er für ſie aus Paris
Kleider und Hüte kommen ließ!
Doch ſucht' er ſie zu unterrichten
Zu ſeufzen, äugeln mit Geſchick,
Um weg vom Kartentiſch den Blick
Der Spielenden auf ſie zu richten.
So ſicher zog der ſchlaue Greis
Stets ſeinen Vortheil aus dem Kreis.

XI.

Und wirklich lockend von Geberde
Aſdotja Nikolawna war!
Ihr Fuß berührte kaum die Erde,
So leicht ging ſie. Der Buſen gar!
So hoch, ſo voll, und weiß wie Zucker,
Ein Zauberanblick ſelbſt für Mucker!
Durch ihre feine Lilienhaut
Sichtbarlich jede Ader blaut' —
Sie ſchien zur Leidenſchaft geboren;
Der Zauber ihres Augenlichts:
Ein Türkis war dagegen Nichts,
Und wer ſie ſah, der war verloren.
Es flammt' aus ihrem Angeſicht
Ein lebend Stückchen Himmelslicht.

XII.

Dies feine Näschen, diese Lippen:
Ein aufgerolltes Rosenblatt —
Und diese Zähne: Perlenlippen
Wo man das Scheitern gerne hat.
Ein wenig schnarrte sie mit Feinheit,
Sprach nie das R in ganzer Reinheit,
Ein Fehler der bei ihr nicht stört:
Ach, gar zu gerne Jeder hört
Die glockenreinen, süßen Töne!
Doch: wie kommt sie zu diesem Mann?
Wie der nur solch ein Weib gewann?
Nicht ganz wie sie, doch auch voll Schöne,
Asbotja's jüng're Schwester war —
Ein selten lieblich Schwesterpaar!

XIII.

Die Schwester — wie es in Romanen
Stets mehr als Eine Helbin giebt —
Hat sich in einen der Ulanen
Mit ganzer Leidenschaft verliebt.
Pflichtschuldig weiht sie ohne Säumniß
Asbotja ein in ihr Geheimniß . . .
Ich weiß nicht, ob ihr je belauscht
Wenn solch ein Pärchen Worte tauscht
Wie sie von diesen Lippen glitten?
Der Zufall ließ mich Horcher sein
Wie sie, die sich geglaubt allein,
Verhandelten von unsern Sitten . . .
Ich war erstaunt, ich war empört,
Doch sag' ich nicht was ich gehört!

XIV.

Es schien, des Städtchens strenge Jugend
(Wovon vorhin die Rede war)
Kam bei der jungfräulichen Jugend
Jetzt leicht und öfter in Gefahr.
Doch hier ist nicht der Ort, darüber
Schon jetzt zu sprechen... Gegenüber
Asbotja's Fenster, im Quartier
Lag ein Ulanenoffizier.
Rittmeister war er, doch im Gange
So jugendlich wie ein Kornet.
Dem edlen Antlitz gar zu nett
Der Schnurrbart steht, der schwarze, lange,
So kühn blitzt seines Auges Strahl,
Er war ein wahres Ideal!

XV.

Sein Erbtheil väterlichen Geldes
Schwand ihm schon als Kornet dahin;
Seitdem, den Vögeln gleich des Feldes,
Lebt er von gottergebnem Sinn.
Er legt sich schlafen ohne Sorgen
Wo er zu essen findet morgen.
Er schweift im weiten Russenland
Umher, bald als Kourier gesandt,
Bald auch um Pferde aufzukaufen;
Auf jahrelangem Urlaub bald,
Mit Abenteuern mannigfalt.
Und — glaubt man ihm — ist er im Raufen,
Sei's in der Feldschlacht, im Duell,
Ein ganz verwegener Gesell.

XVI.

Immer mit großem Glücke spielt' er,
Doch muß ich euch erzählen, wie:
Was er gewonnen, das behielt er,
Was er verlor, bezahlt er nie...
Er scherzt und witzelt im Gefechte,
Und ist so tapfer, daß die Rechte
Nicht weiß, was seine Linke thut.
Grausam vergießt er Ströme Blut,
Faßt seine Feinde gleich beim Schopfe
Und lacht dabei. Einst in der Glut
Des Kampfs schoß er voll Uebermuth
Selbst einem Freunde nach dem Kopfe.
Doch auch zu Zeiten weich und lind
Ist unser Wüthrich wie ein Kind.

XVII.

Nie sah man ihn verwirrt, verlegen:
In Allem sicher was er that
War er, ging nie auf fremden Wegen,
Und bahnte selbst sich seinen Pfad.
Er kniete, seufzte nicht bei Damen,
Ging, ohne Phrasen auszukramen,
Gerades Weges los auf's Ziel,
Wenn Eine ihm nach Wunsch gefiel.
Ein Ausbund aller losen Geister,
Für Unglück und Gefahren blind,
Und glücklich drum, wie Wen'ge sind:
So war mein Freund, der Stabsrittmeister
Garin, als ich im Dienst noch war
Mit ihm — das sind jetzt wohl fünf Jahr...

XVIII.

Bald durch die Wirthin zu erfahren
Mußt' er von Allem in der Stadt:
Wo heirathsluſt'ge Mädchen waren,
Wieviel Vermögen Jede hat.
Sie wußte ihm von Klatſchgeſchichten
Und von Intriguen zu berichten;
Freiwerber wurden ihm genannt,
Freiwerberinnen auch bekannt.
Doch, was die Wirthin auch erzählte:
Am meiſten rührte ſeinen Sinn
Das Bild der jungen Nachbarin.
»Wie die nur ſolchen Glatzkopf wählte!
Iſt dieſer alte Sünder werth,
Daß ihm ein ſolches Weib beſchert!«

XIX.

Er ſetzt an's Fenſter ſich, bekleidet
Mit ſeinem ſeidnen Archeluk,
Dampft, während er das Auge weidet,
Aus ſeinem türkiſchen Tſchibuk.
Das Käppchen auf den ſchwarzen Haaren
Mit goldnem Quaſte, ward vor Jahren
Von einer Maid im Moldauland
Für ihn geſtickt mit ſchöner Hand . . .
Am Fenſter, wie ich ſagte, ſaß er,
Spähte mit aufmerkſamem Sinn
Nach ſeiner ſchönen Nachbarin,
Und Alles über ſie vergaß er,
So ſchön erſchien ihm ihr Geſicht . . .
Horch! öffnet ſich das Fenſter nicht?

XX.

Noch schwieg des Tages Lärm und Treiben,
Und in den Straßen lag's wie todt.
Es spiegelt an den Fensterscheiben
Sich glüh das junge Morgenroth.
Doch die Rentmeisterin, was mag sie
Wohl haben, daß so früh am Tag sie
Sich schon vom Lager aufgemacht?
Floh sie der Schlummer in der Nacht? . . .
Die Linke stützt den Kopf; die Rechte
Hält einen Strumpf; sie seufzte schwer,
Doch kam das nicht vom Strumpfe her!
Es kommt beim weiblichen Geschlechte
Wohl vor, daß man ein Strickzeug schwenkt,
Und doch an ganz was And'res denkt.

XXI.

Erst hoch zum blauen Himmel schweifen
Asdotja's Blicke, langsam dann
Herab bis auf die Erde streifen.
Dort gegenüber sitzt ein Mann,
Doch nicht in Uniform gekleidet,
Der sich an ihrem Anblick weidet,
Sie prüfend mustert wie zum Spott —
O, welch ein Hohn, gerechter Gott!
Die Uniform schnell angezogen,
Rittmeister! auf zum Angriff — ach!
Es schließt sich schon das Fensterfach,
Das schöne Bildniß ist verflogen! . . .
Er nimmt es nicht so schwer — er lacht
Und denkt: der Anfang ist gemacht!

XXII.

Zwei Tage war sie nicht zu sehen —
Schmollt sie vielleicht noch innerlich?
Er hat Geduld, er läßt sie gehen.
Am dritten Tage zeigt sie sich,
Blickt auf zum Himmel, läßt sich wieder
Mit ihrem Strumpf am Fenster nieder —
Und wie geschmückt erscheint sie heut!
Er ist darüber sehr erfreut,
Und meint er habe Grund zu hoffen.
Doch zieht er schnell sich an, geht aus,
Kommt erst den nächsten Tag nach Haus —
Sie ist darüber sehr betroffen.
Jetzt zeigt er — fällt es ihm auch schwer —
Sich ihr drei Tage gar nicht mehr.

XXIII.

Es ging mit dieses Paars Geschicke
Wie es gewöhnlich pflegt zu gehn:
Ob stumm auch, lernten sie durch Blicke
Einander deutlich bald verstehn.
O Liebessprache, wunderbare
Dolmetscherin der Jugendjahre!
Wohl ohne dich zu kennen giebt
Es keinen Menschen der geliebt.
Wen hast du nicht durch deine Zeichen
Im Leben — wenn auch Einmal nur —
Geleitet zu des Glückes Spur:
Wen ließest du nicht schon entweichen
Dem Neid, der Mißgunst, der Gefahr,
Wenn keine andre Hülfe war!

XXIV.

Zwei Wochen sind noch kaum entschwunden,
Und Garin weiß schon ganz genau
Die Essenszeit, die Schlafestunden
Und wann spazieren geht die Frau.
Geht sie zur Kirche um zu beten,
Verfehlt er nicht mit einzutreten.
So trüb und kalt blickt sein Gesicht
Beschienen von dem Kerzenlicht —
Doch, ist sein Blick in sie versunken:
Erscheint er umgewandelt ganz,
Strahlen in wunderbarem Glanz
Die Augen, sprühen zündend Funken.
Bald folgt er ihr, bald weicht er aus,
Kurzum: man wird nicht klug daraus!

XXV.

Doch sooviel fühlt sie klar: er liebt sie,
Sein Schicksal liegt in ihrer Hand.
Soll sie ihn wieder lieben — giebt sie
Ein Zeichen ihm, ein Unterpfand?
Will sie die Flamme in ihm schüren?
Genügt es ihr ihn bloß zu rühren?
Er ist — das sieht sie ihm gleich an —
Ein ehrlicher und lieber Mann,
Dem es kein bloßer Zeitvertreib ist
Zu folgen ihr auf Tritt und Schritt,
Denn wo sie geht, da geht er mit.
Er weiß, daß sie des Alten Weib ist,
Daß er bei ihr nichts hoffen kann:
Und doch liebt sie der gute Mann!

XXVI.

Die Zeit verging. Ihn will's gemahnen
Als sei zur Lösung Zeit, — er spricht:
»Es seufzt der Held stumm in Romanen,
Doch ein Romanheld bin ich nicht!«
Nicht lange seufzt Herr Garin schweigend;
Früh Morgens einst, sich tief verneigend,
Bringt ein Lakai ihm einen Brief
Der ihn ins Haus der Schönen rief.
»Mein Herr empfiehlt sich Euer Gnaden
Und hat, da er der Zeit beraubt
Selbst vorzukommen, sich erlaubt
Durch diesen Brief Sie einzuladen
Zu Tisch und Tanz — man speist um drei.«
— Ich komme! — sprach er zum Lakai.

XXVII.

Und pünktlich kam der Held zum Feste.
Es war ihr Wiegenfest, und viel
Sind eingeladen Standesgäste
Vom Militair und vom Civil.
Ließ der Brigadegeneral auch
Lang auf sich warten, gähnt beim Mahl auch
Und schläft zuletzt trotz Spiel und Tanz:
'S war doch ein Fest voll Prunk und Glanz!
Prachtvolle Vasen, Riesentorten,
Für Damen Naschwerk allerlei,
Die schönsten Blumen auch dabei;
Und für die Herrn die feinsten Sorten
Kostbarer Weine im Büffett —
Kurz: Alles reichlich, gut und nett.

XXVIII.

Der Hausherr führt die Generalin
Zu Tisch — die Andern hinterdrein,
Nur daß Gemahl stets von Gemahlin
Getrennt, sonst geht's in bunten Reihn.
Trompeten schmettern vom Balkone,
Es klappern, klirren zu dem Tone
Die Teller, Messer, Gabeln auch ...
Ich lobe mir den alten Brauch:
Musik bei Tisch und Lust im Herzen,
Und gute Weine im Pokal;
Da kann man unbemerkt einmal
Mit einer schmucken Dame scherzen.
Doch heute wird der Brauch belacht
Der Alten, die es so gemacht.

XXIX.

Die alte Sitte der Bojaren
Ist mit der alten Zeit entflohn —
Nur bei Ulanen und Husaren
Schallt noch der Feldtrompete Ton
Bei jedem fröhlichen Gelage ...
Ach, gern gedenk' ich jener Tage,
Wo ich in Freundeskreisen saß
Und jubelte und trank und aß
Bei schmetterndem Trompetenklange!
Daß es die Sonne Wunder nahm
Wenn früh sie uns zu wecken kam
Wohl bei der Wacht am Bergeshange,
Und fand uns noch auf feuchtem Gras
Mit Sang und Klang bei vollem Glas!

XXX.

Der schönen Wirthin saß zur Linken
Freund Garin, kräuselt mit der Hand
Den Schnurrbart — seine Augen blinken
Nach ihren Augen unverwandt.
Und plötzlich — Gott weiß wie es zuging! —
Als ob ein Stich durch ihren Schoß ging
War ihr's — sie bückte sich nach vorn:
Es war des Herrn Rittmeisters Sporn ...
Wie ungeschickt! Mit Angstgeberde
Zieht er die dummen Füße fort
Und stammelt manch entschuld'gend Wort.
Sie blickt verlegen auf die Erde —
Als ein galanter Offizier
Viel schöne Dinge sagt er ihr.

XXXI.

Jemehr bei ihm des Herzens Bande
Sich lösen — hält sie sich zurück,
Wie ein unschuldig Kind vom Lande
Spricht sie von reiner Freundschaft Glück.
O Weiber, wer kann nacherzählen
Wie ihr versteht die Kunst zu quälen!
Die Unschuld auch vom Lande kann
Die Kunst — trifft sie den rechten Mann.
Doch nur bei schnabelstumpfen Schwänen,
Bei Männern, die nicht kalt noch warm,
Ergeht ihr euch so ohne Harm:
Wer Zähne hat, beißt mit den Zähnen.
Ein Weib, schön, lebhaft, achtzehn Jahr:
Die Freundschaft kennt man auf ein Haar!

XXXII.

Bemerkt hab' ich in diesen Jahren
Wie manche Tugend aus der Stadt
Jetzt Hang zu lauter wunderbaren
Und mystischen Geschichten hat.
Behüt' euch Gott vor solchen Frauen!
Es überkommt mich schon ein Grauen
Wenn ich nur denke, daß ein Weib,
Umschling' ich glühend ihren Leib,
Plötzlich beginnt zu demonstriren,
Daß zwei mal drei noch mehr als sechs —
Daß diese Erde blos ein Klecks
Des Himmels, um uns zu beschmieren,
Und daß, wer unnütz in der Zeit,
Sich nützlich macht in Ewigkeit.

XXXIII.

Den Ball will ich euch nicht beschreiben,
Ist er auch der Beschreibung werth.
Wir wollen beim Ulanen bleiben
Und bei dem Glück das ihm beschert.
Asbotja war noch nicht sehr mystisch —
Derweil die Alten sich am Whisttisch
Ergötzten, brach sich der Ulan
Im Herzen seiner Schönen Bahn.
Er drehte sich mit ihr im Tanze,
(Die nicht von seiner Seite weicht:
Es tanzt sich mit ihm gar zu leicht!)
Sonnt sich in ihrer Augen Glanze,
Und macht als kluger Offizier
In ihrem Herzen bald Quartier.

XXXIV.

Von der Musik, dem Sporenklirren
Und Tanzen dröhnt das ganze Haus.
Die Nacht hindurch so bei dem wirren
Gelage ging's in Saus und Braus.
Am andern Tag — es war kaum Achte,
Als sie sich auf vom Lager machte —
Bei ihrer ew'gen Stickerei
Saß sie am Fenster, seufzt dabei . . .
Der Mann ist früh schon ausgegangen
An seine Arbeit — und sie sann
Ich weiß nicht was — da klopft es an —
Sie ruft den Diener — Sporen klangen —
Der Diener kam nicht, doch dafür
Ein andrer Gast tritt ein zur Thür.

XXXV.

Ihr habt natürlich ohne Mühe
Errathen wer der frühe Gast.
Ein Herrnbesuch so in der Frühe —
Ich weiß nicht, ob sich das recht paßt!
Garin war früher so geduldig . . .
Doch sie natürlich ist nicht schuldig:
Er trat ja — was kann sie dafür? —
Unangemeldet ein zur Thür.
Asdotja ist auch ganz verlegen
Und weiß nicht was sie dazu sagt,
Daß er so mir nichts, dir nichts wagt
Hereinzukommen! Ihr entgegen
Tritt er, voll Schwermuth im Gesicht
Dreht er den Schnurrbart, seufzt und spricht:

XXXVI.

»Ihr zürnend Auge giebt mir Kunde
Ich kam zu ungeleg'ner Zeit —
Ach, wüßten Sie, wie eine Stunde
Der Liebe wächst zur Ewigkeit!
Nicht löschen kann ich meine Flammen,
Magst Du verzeihen, magst verdammen:
Ich stelle mich in Deine Huth,
Ich liebe Dich mit ganzer Glut!
Zu Deinen Füßen sink' ich nieder.
Im Zauber Deines Angesichts
Seh' ich nichts weiter, fürchte nichts —
Ich liebe Dich, o lieb' mich wieder!
O sprich, gieb mir ein Liebespfand;
Sonst tödt' ich mich mit eigner Hand!«

XXXVII

Sein Auge blickt so trüb' und dunkel,
Gebrochen scheint all seine Kraft —
Dann strahlt es wieder im Gefunkel
Und Feuer wilder Leidenschaft.
Sie aber steht, von Furcht betroffen,
Bleich wie der Tod. Er wagt zu hoffen
Aus ihrer Mienen wirrem Spiel
Daß er jetzt nahe seinem Ziel —
Doch ach! sein letzter Hoffnungsschimmer
Flieht, wie mit zornigem Gesicht
Sie auffährt und entrüstet spricht:
»Verwegner, fort aus meinem Zimmer!
Fort, lassen Sie mich hier allein,
Sonst werd' ich laut nach Hülfe schrein!«

XXXVIII.

Er sieht sie an: da ist kein Zweifel,
Das Auge blitzt, die Wange glüht —
Denkt er für sich: hol' dich der Teufel
Mit deinem launischen Gemüth! —
Doch viel zu stolz, erfolglos wieder
Zu gehn ist er — kniet vor ihr nieder,
Spricht ihr von seiner Glut und Qual...
Da knarrt die Thür: der Herr Gemahl
Tritt ein — »O Gott!« — ruft sie gebrochen;
Er schaut sie an mit finsterm Blick,
Garin entweicht — o Mißgeschick!
Doch hält er nicht, was er versprochen,
Schießt sich nicht todt — er steckt zu Haus
Ein Pfeifchen an und zieht sich aus.

XXXIX.

Sieh, ein Lakai mit hast'gen Schritten
Bringt einen Brief; — er liest, staunt, lacht:
Der Herr Rentmeister läßt ihn bitten
Zu einer Partie Whist zur Nacht!
Es ist sein Namenstag, — zum Feste
Sind noch gebeten andre Gäste...
Seltsam durchwogt es seinen Sinn —
Bleibt er zu Hause, geht er hin?
Vielleicht ist gar Betrug im Spiele!
Doch wirklich sind die Fenster all
Erleuchtet Abends wie zum Ball —
Er geht, denn Gäste kommen viele.
Doch besser — denkt er — ist es wohl
Zur Vorsicht nehm' ich ein Pistol!

XL.

Und im Salon tritt ihm entgegen
Zuerst die Herrin selbst vom Haus —
Sie seufzt, erröthet, ganz verlegen
Sieht sie bei seinem Anblick aus.
Was zwischen ihnen früh geschehen
Bleibt unberührt; sie thun als sehen
Sie sich zum Erstenmal; er spricht
Vom Wetter blos, sie unterbricht
Ihn durch ein kurzes Ja und Nein blos.
An ihrer Seite weiter geht
Er eilig, tritt ins Kabinet —
Wir werfen einen Blick hinein blos,
Um, da wir bald am Schlusse nun,
Für uns ein wenig auszuruhn.

XLI.

In unruhvollem Stürmen, Hetzen,
Ist mir die Jugend schnell entflohn;
Den ewigen Naturgesetzen
Sprach ich in meiner Thorheit Hohn.
Ich fühle tief wie sehr ich schuldig,
Und lerne nimmer doch geduldig
Mein Loos zu tragen, in der Haft
Zu zähmen meine Leidenschaft.
Gleichwie ein Adler, der gefangen,
Sieht er hinaus auf Berg und Thal
Sich nicht mehr freut am Sonnenstrahl.
Er läßt die starken Flügel hangen,
Nimmt nicht den Fraß den man ihm bot
Im Käfig — quält sich selbst zu Tod'...

XLII.

Und soll ich nie dich wiederfinden
Du meiner Liebe Sturmeszeit,
Wo all mein Denken und Empfinden
Nur Wonne war und Seligkeit?
Vielleicht des Käfigs Eisenstäben
Mag sich der Adler noch entheben —
Vielleicht ein Schicksal wundersam
Führt ihn zurück von wo er kam,
Und über Thäler, Wälder, Hügel,
Bis wo der Schnee die Berge bleicht
Und ihm der Heimat Felsen zeigt,
Trägt neugekräftigt ihn sein Flügel,
Und wieder wird er was er war:
Ein freier, königlicher Aar!

XLIII.

Wohl schmacht' ich jetzt noch an der Kette ...
Doch weg mit meinem dummen Gram!
Herr Garin war im Kabinette,
Und sieh: der Hausherr selber kam
Entgegen ihm mit Händedrücken,
Und that als strahlt' er vor Entzücken,
Bot ihm ein Glas Champagner an. —
»O Judas!« dachte der Ulan.

Schon unruhvoll die Blicke wandern
Beim Spiel, den grünen Tisch entlang,
Der Hausherr selber hält die Bank
Heut zur Bequemlichkeit der Andern.
Herr Garin sah sich starr und stumm
Im laut bewegten Kreise um.

XLIV.

Derweil der Wirth mit wicht'gern Sachen
Beschäftigt und für And'res blind,
Erlaubt mir euch bekannt zu machen
Mit Herren die im Kreise sind.
Zuerst den Rath hier vom Gerichte
Seht mit dem gierigen Gesichte;
Gerechtigkeit und Seelenheil
Sind ihm für blanke Rubel feil ...
Und dann vom Orte den Kreishauptmann:
Im Schnitte seines Riesenfracks
Und Riesenhalstuchs — des Geschmacks
Verhöhnung hier zu sehen glaubt man —
Er hat die längsten Finger im Land,
'ne Stimme wie Kastratdiskant.

XLV.

Halb nach modernem Schnitt vernobelt
Seht hier den neuen Metrophan,
So ungeschult wie ungehobelt,
Doch sonst ein trefflicher Kumpan
Am Spieltisch für den Herrn des Hauses,
Denn er begnügt sich mit des Schmauses
Genüssen, läßt beim Spiele still
Ihn pointiren wie er will,
Mag er gewinnen, mag verlieren...
Noch waren — doch ihr habt genug
An diesen schon! Wozu im Buch
Unnütz die Blätter noch beschmieren
Mit der Beschreibung dieser Herrn?
Ich bleibe gern dem Schmutze fern...

XLVL

Das Unglück, seine Opfer suchend,
Am Spieltisch ging im Kreise um —
Dieser begrüßt es bleich, laut fluchend,
Der And're in Verzweiflung stumm —
Doch von Champagner überrannen
Die Gläser Derer die gewannen;
Sie stoßen an, es schäumt und klirrt.
Stumm, finster steht am Tisch der Wirth,

Verzweiflung spricht aus seinen Mienen,
Angstschweiß bricht von der Stirne aus:
Verloren hat er Hof und Haus!
Als sei der Böse ihm erschienen
Und habe mißgeführt die Hand,
War's ihm, wie er dumpf brütend stand.

XLVII.

Verloren hat er Pferde, Wagen,
(Das schönste Fuhrwerk in der Stadt;)
Den Schmuck, den seine Frau getragen,
Kurz — Alles, Alles was er hat!
So warf er sich in dumpfem Brüten
In seinen Stuhl — die Augen glühten
Unheimlich, und der Kerzen Licht
Zeigt todtenbleich sein Angesicht.
Schon kämpft die Sonne mit den Sternen,
Und mancher von den Spielern meint
Der Tag sei solcher Spiele Feind,
Und es sei Zeit sich zu entfernen —
Da fährt der Hausherr auf verstört,
Und bittet, daß man ihn noch hört:

XLVIII.

»Noch einen Satz! mit Euch von hinnen
Will ich als Bettler aus der Thür,
Oder mein Gut zurückgewinnen:
Ich setze meine Frau dafür!«
O Niedertracht! o Schimpf und Schande!
Wie konnte solch ein Mensch im Lande
Alt werden hier in Rang und Amt!
So rufen zürnend allesammt.
Kaltblütig nur der Stabsrittmeister
Naht sich dem Hausherrn: »Gut! es gilt,
Mir ist es gleich, ob man mich schilt.
Laßt sehen wer im Spiele Meister,
Eins aber bitt' ich: kein Betrug!
Sonst...« und er brummte einen Fluch.

XLIX.

Die Andern stehen wie gefangen
Bei dieser Wendung des Geschicks,
Ihr Staunen malt sich auf den Wangen,
Im starren Ausdruck ihres Blicks.
Garin steht ruhig, schnurrbartdrehend
Dem Alten in die Augen sehend,

Dem rechts und links ein flackernd Licht
Die Glatze und das Angesicht
Des groben, dicken Kopfs beleuchtet.
Zu beiden Seiten spärlich fällt
Ihm weißes Haar herab, — er hält
Zwei Spiele Karten, — noch befeuchtet
Vom Schweiß ist sein Gesicht. Verstört
Im Lehnstuhl sitzt die Frau und hört ...

L.

Den Ausdruck will ich euch nicht malen
In ihren Zügen, ihrem Blick.
Es sprach aus ihr von bitt'ren Qualen,
Von grenzenlosem Fluchgeschick.
Wohl lange wohnt' in ihr das Trauern,
Doch brach es jetzt in Sturmesschauern
Hervor, daß, wer sie weinen sah,
Wohl selber war dem Weinen nah.
Doch wer darf heut noch Mitleid fühlen
Der in der großen Welt gelebt,
Und ihres Beifalls sich bestrebt —
Man mag in Pergamenten wühlen,
Beweinen die Vergangenheit,
Doch unsre Zeit — welch schöne Zeit!

LI.

Das Kämpfen dauerte nicht lange,
Verzweifelt spielte der Ulan,
Dem Alten glühte Aug' und Wange,
Sein Glück kehrt wieder — er gewann ...
Doch seine Frau, den Kopf tief neigend
Steht auf vom Armstuhl, langsam, schweigend
Tritt sie zum grünen Tisch heran,
Und Alle sehn die Bleiche an
Erwartungsbang was kommen werde.
Sie aber tritt in düst'rer Ruh
Hart auf den kahlen Sünder zu,
Zieht mit verächtlicher Geberde
Den Trauring sich vom Finger dann,
Wirft in's Gesicht ihn ihrem Mann.

LII.

Sie fällt in Ohnmacht. Ihr entgegen
Springt der Ulan, trägt sie hinaus,
Vergessend Rechnung, Hut und Degen,
Eilt er im Flug mit ihr nach Haus ...
Den nächsten Tag, die nächsten Wochen
Ward von nichts Anderem gesprochen
Als von dem wunderbaren Spiel ...
Weiß nicht warum: von je gefiel

Boblowsky sehr dem hohen Adel,
Darum behielt er seinen Platz,
Wie der Rittmeister seinen Schatz,
Wofür er bei den Damen Tadel
Und Fluch, und Neid bei Männern fand.
So sind die Menschen hier zu Land!

LIII.

Und so das Ende der Geschichte . . .
Ihr seht mich an und staunt, und gafft,
Und fragt: Wo bleibt in dem Gedichte
Die Handlung und die Leidenschaft?
Man liebt in Liedern wie in Dramen
Das Blutvergießen — selbst die Damen.
Doch schüchtern end' ich zu der Frist
Wo Alles noch am Leben ist.
Ich nehme Rücksicht auf die Nerven
Der Damen, schieße Keinen todt,
Wie es moderner Kunst Gebot,
Am Schluß den Eindruck zu verschärfen —
Vielleicht noch üb' ich diese Kunst
Ein and'res Mal um eure Gunst!

Hadſhi-Abrek.

Groß, reich iſt der Aoul Dſhemát,
Er zahlt an keinen Stamm Tribut,
Hat zur Moſchee das Schlachtfeld, — hat
Statt hoher Mauern: Stahl und Muth.
In manchem heißen Kampf geſtählt,
Sind ſeine freien Söhne weit
Und breit berühmt im Kaukaſus;
Nie hat aus ihrer Hand ein Schuß
Sein Ziel: ein Ruſſenherz, verfehlt!
Furcht geht vor ihnen her im Streit.

Der ſchwüle Tag neigt ſich zu Ende,
Rings dampfen heiß die Felſenwände,
Kaum wird das Auge noch den Aar,
Der hoch am Himmel ſchwebt, gewahr.
Von Ruh' iſt Berg und Schlucht umgeben,
Nur im Aoule herrſcht noch Leben.
Auf freiem Platz, am Bergesrand,
— Wo aus der ſteilen Felſenwand
Der Gießbach ſpringt — nach heim'ſcher Weiſe
Stehn Männer dichtgedrängt im Kreiſe,
Und horchen aufmerkſam: Was mag
Beſchloſſen in dem Rathe werden?
Sinnt man auf einen neuen Schlag?
Will Raub begehn an fremden Heerden?

Erwartet man ein Russenheer?
Bereitet einen Ueberfall?
Nein, — Mitleid liegt und Kummer schwer
Im Antlitz der Usdéne all.
Gehüllt in fremde Tracht, ein Greis,
Ein altersschwacher Lesghier sitzt,
Schnell fließt das Wort aus seinem Munde,
Und hin und wieder rund im Kreis
Sein dunkelfeurig Auge blitzt.
Er sprach, laut hallt' es in der Runde:

»Drei Söhne und drei Töchter gab
Mir Gott auf meine alten Tage;
Doch riß ein Sturm die Zweige ab
Vom Stamm; und von dem schweren Schlage
Getroffen, jetzt in meiner Qual
Steh' ich allein, gleichwie im Thal
Ein kahler Baumstamm. Weh' mir Alten!
Mein Bart ist weißer als die Gletscher,
Doch oft auch unterm Schnee, dem kalten,
Braust eines heißen Quells Geplätscher.
Helft mir, Ihr Reiter von Oßhemát!
Erschließt mir Euer Heldenglück —
Wer von Euch kennt Fürst Bey-Bulát?¹⁴)
Wer bringt die Tochter mir zurück? —
Auch meine andern Töchter sind
In die Gefangenschaft gebracht,
Weiß nicht, wohin es sie getrieben!
Dem Vater blieb ein einzig Kind,
Die Söhne fielen in der Schlacht;
Zwei sind in fremdem Land geblieben,
Den Jüngsten traf vor meinem Blick
Des frühen Heldentods Geschick.

Es lächelte sein Aug' beim Sinken,
Als säh' es aus dem Regenbogen,
Der hell am Himmel aufgezogen,
Huri's des Paradieses winken . . .
In eine Wildniß zog ich fort,
Und nahm mein letztes Kind mit mir;
In treuer Huth gedieh sie dort,
Und was ich halte, war in ihr.
Nichts war mir außer ihr geblieben,
Als meine Rüstung, mein Geschoß;
Vom heim'schen Herd war ich vertrieben,
Mein Hab' und Gut war mir genommen —
In einer Höhle, vor dem Troß
Der Feinde, fand ich Unterkommen.
Die Armuth lernt' ich bald ertragen,
An Freiheit war ich längst gewöhnt,
Da — was in meinen alten Tagen
Mein Leben noch allein verschönt —
Nahm mir das Schicksal — Einst, zur Nacht,
Als ich in tiefer Schlafesruh'
Versunken lag, — mein Engel wacht'
An meiner Seite, fächell' facht
Mit grünem Zweig mir Kühlung zu —
Erwach' ich plötzlich — höre rufen
Nach mir — ich spähe, und es schallt
Ein wirr Geräusch in meine Ohren,
Ein Stampfen wie von Rosseshufen,
Das in der Ferne schon verhallt —
Wo ist mein Kind? O Gott, verloren!
Ein Reiter sprengt in wilder Hast
Mit ihr davon, hält sie umfaßt;
Ich fluche, schieße hinterher —
Die Kugel trifft ihr Ziel nicht mehr!

Da steh' ich nun, mein Herz will brechen,
Unfähig, meinen Schimpf zu rächen,
Und eitel ist mein Fluchen, Beten.
Wie eine Schlange die zertreten
Vom Roßhuf — schleich' ich alter Mann
In Schmerzen durch's Gebirge, kann
Nicht Ruhe finden Nacht und Tag,
Seit jenem harten Schicksalsschlag.
Helft mir, Ihr Reiter am Oshemát,
Erschließt mir Euer Heldenglück!
Wer von Euch kennt Fürst Bey-Bulát?
Wer bringt die Tochter mir zurück?«

— »Ich!« — rief ein junger Krieger laut,
Legt an den breiten Dolch die Hand,
Und Alles stumm im Kreise stand,
Und staunend auf den Helden schaut.

— »Ich kenne ihn, und helfe dir!
Niemals bestieg, Zelt seines Lebens,
Habshi [16]) sein gutes Roß vergebens;
Zwei Nächte lang erwart' mich hier:
Doch, fehl' ich zur bestimmten Stunde,
Erwarte keine weitre Kunde!
Dann, heimwärts ziehend, magst du beten
Für meine Seele zum Propheten!« —

Schon im Gebirg beginnt's zu tagen.
Fern aus dem dichten Nebel schauen
Die Riesen von Granit; es ragen
Die weißen Häupter auf zum blauen
Gewölb des Himmels. Aus der Schlucht
Die frischen Morgenwinde bliesen —

13*

Wie weiß' und rothe Segel zogen
In ihrem Hauch die Wölkchen, flogen
Empor zum Haupt der Bergesriesen.
Vorsichtig durch die Hohlschlucht reitet
Dort ein Tscherkeß am Felsenhang;
Sein sonst so wilder Renner schreitet
Jetzt langsam, in gemessnem Gang.
Noch morgenfeucht liegt Berg und Au;
Im Glanz des Frühroths blitzt der Thau.
Den Fels entlang am Wege läuft
Zerrissenes Gestrüpp — daneben
Endlos Gewinde wilder Reben,
Die sich beim kleinsten Zug bewegen,
Daß ab und zu ein Silberregen
Auf Roß und Reiter niederträuft.
Der Reiter läßt in Sicherheit
Sorglos die Zügel hängen, schwingt
Die Peitsche durch die Luft und singt
Dazu ein Lied aus alter Zeit,
Das, wie es durch die Lüfte schallt,
Rings von den Felsen wiederhallt.
Jetzt führt ihn eines Kehrwegs Lauf
— Wo an den breiten Räderspuren
Bemerkbar, daß hier Arba's fuhren —
Hoch zu granitnem Fels hinauf,
Den dunkles Strauchwerk dicht umkränzt.
Dort kann er den Aoul schon sehn,
Der tief zu seinen Füßen glänzt
Im hellen Tagslicht. — Heerden gehn
Dort auf der Weide, Staub steigt auf,
Geräusch wird in der Ferne laut.
Und wie der Reiter, einem Aar
Gleich, aus der Höhe niederschaut:

Sieht er vor seinen Augen klar
Am Felsenrück, auf hohem Platz
Gebaut, die Wohnung Bey-Bulát's.
Und auf der Schwelle sitzt im Haus
Einsam die junge Lesghierin,
Späht, wie in unruhvollem Sinn,
Den Weg entlang in's Land hinaus.
Was mag die heiße Wange feuchten?
O sprich, du schöner Stern des Südens,
Wem gilt dein sehnsuchtsvolles Leuchten?
Hofft du, dein Bruder lehre wieder —
Erwartest einen fernen Freund?
Wie mit dem Ausdruck des Ermüdens,
Daß nicht, was du gehofft, erscheint,
Neigst du zur Brust das Köpfchen nieder,
Es wogt der hohe Busen heiß,
Von süßer Leidenschaft durchzogen,
Und wie du dich herabgebogen,
Auf's Knie dich stützend mit der Hand:
Enthüllt sich oben das Gewand,
Zeigt einen Nacken, blendend weiß,
Doch röther flammt der Wange Glut,
Es kocht darin des Südens Blut.
Ein wunderbarer Zauber schwebt
Um deine Lippen: Alles lebt
Und glüht in zitterndem Verlangen,
Ein Wogen, Glühen ohne Ende,
Es zittern selbst die kleinen Hände,
Als harr'st du Jemand zu umfangen.

Da plötzlich biegt sie sich zurück,
Das Auge wird, die Stirne heiter:
Es schallt Gestampf vom Felsenrück,

Staub wirbelt auf, es naht ein Reiter.
»Gewiß, er ist's!« ruft sie voll Glück.

Leicht klärt die Hoffnung unsern Blick,
Und leicht auch täuscht sie das Gesicht —
Der Reiter naht — o Mißgeschick!
Ein Fremder ist's, sie kennt ihn nicht —
Ein Fremder, der an ihrem Herd
Ein Obdach sucht; es kann der Reiter
Mit seinem müden Thier nicht weiter,
Und Nüster-schnaubend steht das Pferd.
Er will sich aus dem Sattel schwingen,
Doch ängstlich vorher in der Runde
Umher sein spähend Auge treibt —
Was mag ihn so mit Furcht durchdringen?
Die Brust, die unruhvolle, drückt
Ein tiefes Seufzen aus dem Munde —
Gleich wie der Sturm von grünen Zweigen
Ein frühverwelktes Blättchen pflückt.

»Was zögerst du, vom Pferd zu steigen?
Was soll's, daß deine Hand es wendet?
Steig' ab vom müden Thier, ruh' aus.
Ein Gast, den uns der Zufall sendet,
Ist eine Gottesgab' im Haus!
Arm scheinst du, Frembling — ich bin reich:
Meth bring ich dir und Kumyß [17]) gleich
Doch erst durch einen Obdachsplatz.
Ehre die Wohnung Bey-Bulát's!
Und ziehst du fort auf deinen Wegen,
So bete für des Hauses Segen!«

Habshi-Abrét.

Leila! Gott schütze dich! Du hast
So lieb empfangen deinen Gast,
Drum Segen bringt dem Haus sein Fuß:
Dein Vater schickt dir einen Gruß.

Leila.

Mein Vater? Ach, so lang getrennt
Bin ich von ihm — hat er indessen
Die ferne Tochter nicht vergessen?
Wo lebt er jetzt?

Habshi-Abrét.

Die Tochter kennt
Den alten Aufenthalt — dort lebt
Er in der alten Weise weiter.

Leila.

Und ist er glücklich, ist er heiter?
O rede!

Habshi-Abrét.

Wer sich so begräbt
Lebendig — solche Schicksalsschläge
Ertrug — von Haus und Herd vertrieben,
Nicht hat, wo er sein Haupt hinlege
In Sicherheit, dem Nichts geblieben:
Solch Armer wird nicht frohen Sinn's!
Doch, bist du glücklich?

Leila.

Ja, ich bin's!
Hier nicht am Kleinsten mir gebricht's.

Habshi-Abret (leise).

O, wehe mir!

Leila.

Was sagst du?

Habshi-Abret.

Nichts!

* . •

Stumm an dem Tische sitzt der Gast,
Hat von der Hirse, von dem Meth,
Von allebem was vor ihm steht,
Noch Nichts geschmeckt, Nichts angefaßt —
Der Fremdling scheint so wundersam,
Als sei ihm alle Luft entflohn —
Die hohe Stirn trägt Furchen schon,
Zog sie die Zeit, zog sie der Gram?

Die Wirthin will den Gast so gern
Erheitern, der so traurig schien;
Sie holt und schlägt ihr Tamburin,
Hebt an zu tanzen und zu singen,
Die Augen glänzen ihr wie Sterne,
Es schwebt der Fuß, die Hände klingen,
Wie sie sich neigt und schwingt und dreht
In halben Kreisen, auf und nieder —

Der Busen wogt, durch alle Glieder
Ein wonnevolles Zittern geht —
So schwebt sie vor dem Gast, gleichwie
Ein Schmetterling im Sonnenstrahl.
Dann spielend in die Luft wirft sie
Das Tamburin mit einem Mal,
Und fängt es wieder, läßt es klingen
Und auf den weißen Fingern springen,
Dreht's über'm Kopfe auf der Hand,
Folgt mit den Augen unverwandt —
Sieht dann mit seligen Geberden
Stumm auf den Gast — der Feuerblick
Des schwarzen Auges schien zu sagen:
»O, laß dein Trauern, laß dein Klagen,
Glaub': Seligkeit wie Mißgeschick,
Ist nur ein flüchtger Traum auf Erden!«

Habschi-Abrél.

Laß, Leila! Tanz und Spielen sein,
Auf einen Augenblick halt ein
Die wilde Lust, die dich bewegt —
Sprich: wirst du nie von Gram erregt?
Zieht nie des Todes Bild den Sinn
Von deinem heitern Treiben ab?

Leila.

Nein! Was soll mir das kalte Grab,
Da ich auf Erden glücklich bin?

Habschi-Abrél.

Noch eine Frage: Zieht dich's nimmer
Aus dieser Berge Nebelgrauen

Zu deiner fernen Heimat hin,
Zum Dagheſtan, dem himmelblauen?

Leila.

Wozu? Ich liebe dieſe Höhn,
Der Nebel Grau, der Gletſcher Schimmer.
Die Welt iſt überall ſo ſchön,
Nicht blos im Land wo wir geboren —
Und ſeine Heimat hat das Herz
In Glück und Liebe allerwärts,
Trägt gern die Feſſel, die es bindet
In Liebe — giebt ſich gern verloren,
Wo ſich's iu Liebe wiederfindet.
Dem Vogel gleich, fliegt es hinaus,
Sucht ſich ein traulich Plätzchen aus,
Und baut ſein Neſt, wo's ihm gefällt,
Frei in der ſchönen Gotteswelt.

Habſhi-Abrék.

Wohl iſt die Liebe ſchön — doch giebt
Sie in der Welt nur wahren Segen,
Wenn man auf allen Lebenswegen
Auch heilig hält was man geliebt!
Nur denen, die ein treu Erinnern
Bewahren an vergang'nes Glück,
Bleibt, wenn die Glut erloſch, im Innern,
Ein ſegensmilder Troſt zurück.
Doch, ziehn die Bilder aus und ein
Bei uns, in wechſelvollem Wandern,
Daß Eins verwiſcht die Spur des Andern:
Wird Eines auch das Andre rächen,
Es wird die Liebe uns zur Pein,
Und der Genuß wird zum Verbrechen!

Es flieht von uns, was uns gefällt,
Was schmeichelnd uns umfangen hält:
Und das Verstoß'ne kehrt zurück ...
Leila! Um Alles in der Welt
Möcht' ich nicht solch ein falsches Glück!

Leila.

Was ist mit dir? Wie bleich du scheinst!

Hadschi-Abrek.

Hör' mich noch einen Augenblick
Leila! mein Wort ist bald zu Ende:
Ich hatte einen Bruder einst,
Er starb — so wollt' es das Geschick —
Nicht wie ein Held in offner Schlacht:
Er wurde heimlich umgebracht
Durch deines Gatten Mörderhände!
Wie'n wildes Thier, elendiglich,
Am Mörderblei mußt' er verderben,
Den Feind nicht kennend — doch im Sterben
Wälzt' er die Racheschuld auf mich.
Ich fand den Feind nach langen Jahren,
Von meinem Dolch war er bedroht;
Da dachte ich: was ist der Tod
Für all den Gram, den ich erfahren?
Rächt wohl des Sterbens Augenblick
Das jahrelange Fluchgeschick,
Das ich ertragen? Nein! es giebt
Ein Weh, das härter treffen mag:
Er hat wohl Etwas was er liebt —
Das such' ich, — dann trifft ihn mein Schlag!
Erfüllt ist mein Verlangen endlich,
Gekommen ist der Schicksalstag,

Und meine Rache unabwendlich!...
Siehst du die Sonne untergehn?
'8 ist Zeit! ich seh' den Bruder stehn
In seiner Todesstunde Grimme,
'8 ist Zeit! ich höre seine Stimme!...
Als heut zum Erstenmal mein Blick
Auf deine junge Schönheit fiel,
Als ich dich sah im Tanz und Spiel:
Da jammerte mich dein Geschick,
Und bittern Schmerz hab' ich empfunden —
Doch das Gefühl ist überwunden,
An Rache, Rache denk' ich nur:
W'Allah!*) ich halte meinen Schwur! —

Und wie der Schnee der Berge weiß
Ward sie — ihr bebten alle Glieder,
Und jammernd sank sie vor ihm nieder,
Und weinte Thränen, blutig, heiß,
Umschlang in Flehen seine Knie:
»O, nicht so finsterdrohend sieh
Auf mich — laß ab! vernichtend trifft
Mich dieser Anblick, und dein Wort
Geht durch mein Blut wie kaltes Gift.
O, spotte nicht — sinnst du auf Mord?
Kalt, grausam kalt ist dein Gesicht —
O Himmel, wende seine Hand!
Rührt dich der Unschuld Thräne nicht?
Sag', wie in deinem Heimatland
Man weint, um Mitleid zu erwerben. —
Du willst mich tödten — ich soll sterben,
So jung, so glücklich — o halt ein!
Erbarme dich! hat dir das Leben

*) Bei Gott!

Nicht auch einst Liebesglück gegeben,
Und dir das Herz erweicht? Nein! nein!«

Stumm bleibt sein Mund, kalt sein Gesicht —
Das Jammern, Flehen beugt ihn nicht.

»Dich rührt kein Flehn aus meinem Munde,
Dein Aug' ist trocken, kalt dein Blick —
O, laß mich leben! eine Stunde
Nur noch, noch einen Augenblick!«

Die Klinge blitzt — er faßt den Schopf —
Ein Hieb: vom Rumpfe fliegt der Kopf...

Babschi hält ihn mit blut'ger Hand,
Wischt mit dem langen Haargeschlinge
Das Blut ab von der breiten Klinge,
Hüllt ihn dann in sein Filzgewand,
Und schwingt sich wieder auf sein Pferd —
Mit seiner leblos-blut'gen Last.
Doch wundersame Furcht erfaßt
Das treue Thier, und sträubend wehrt
Es sich der Bürde, fletscht die Zähne,
Nagt am Gebisse, sträubt die Mähne,
Scharrt wild die Erde mit dem Huf,
Hört wiehernd nicht des Reiters Ruf,
Bäumt sich und will nicht von der Stelle,
Nicht Wort noch Zügel bringt's zur Ruh...
Dann — ungelenkt, mit Pfeilesschnelle,
Fliegt es davon, den Bergen zu.

Das Abendroth beginnt zu bleichen,
Bald wird es ganz dem Dunkel weichen.

Schon ist es spät; rings von den hohen
Gebirgen dunkle Wolken drohen,
Den letzten Lichtstrahl zu verscheuchen.
Sie führen Stürme mit und Wetter,
Hier ziehn sie frei auf luft'ger Bahn,
Dort ritzen sie sich an Gesträuchen
Wie sie den wald'gen Bergen nahn,
Und streuen Perlen auf die Blätter.
Das Bächlein rauscht in wilder Flucht
Herab vom Fels — Gebüsch umlaubt es —
Draus blitzt es durch die dunkle Schlucht
Wie Augen eines todten Hauptes . . .
Einsamer Reiter! schneller reite!
Hüll' in die Burka dich, die breite.
Was schlottert so dein Fuß im Bügel?
Die Peitsche schwing', halt fest die Zügel!
Kein Berggeist noch, kein wildes Thier
Hat dich bedroht, dir nachgesetzt —
Ist noch zu beten möglich dir:
Nichts stört dich hier — so bete jetzt!

»Spring an, mein Pferd! Was so voll Bangen
Schaust du umher, als ob dir's graut?
Hier glitzert einer Schlange Haut,
Dort flutgewasch'ne Steine hangen . . .
Wie oft schon in des Kampfes Glut
Färbt' ich die Mähne dir mit Blut!
Wie oft, in frühern Unglückstagen,
Hast du mich rettend heimgetragen
Vom Schlachtgewühle, aus den Steppen!
Warum mußt du dich heut mit mir
Wie einer schweren Bürde schleppen?
Streich' aus, mein gutes Thier, streich' aus!

Bald ruhen wir im heim'schen Haus —
Noch mehr mit Russenfilber dir
Will ich die Trense dann bekleiden,
Und mit der Heerde sollst du weiden,
Des Sattels frei, in langer Ruh —
Nur heute trab' noch munter zu!
Mich wenig Stunden trägst du kaum,
Und bist schon ganz bedeckt mit Schaum,
Und athmest unter mir so schwer?
Was hindert dich in deinem Lauf?
Das Dunkel weicht, der Mond geht auf,
Strahlt silbern durch den Nebel her,
Versilbert rings das Laub der Bäume,
Und zeigt in seiner Silberglut
Uns ferne schon der Heimath Räume,
Wo der Aoul im Dunkel ruht.
Siehst du! dort schimmern schon, wie Sterne,
Die Hirtenfeuer auf den Weiden!
Mir ist's, als kömmt ich aus der Ferne
Schon das Gewieher unterscheiden
Der Heerden von Oshemát — die Pferde
Springen in hellem Lärm herbei,
Doch plötzlich fliehn sie wieder scheu
Zurück, mit wilder Angstgeberde,
Als röchen sie schon aus der Weite,
Daß mit uns das Verderben reite!« . . .

Rings um Oshemát liegt noch die Nacht,
Und tiefe Ruh hüllt Alles ein.
Ein alter Mann allein noch wacht,
Er sitzt am Weg auf feuchtem Stein,
Selbst wie ein Grabstein unbeweglich.
Stumm sieht er in die Nacht hinein,

Den Weg entlang im Felsenthal,
Erwartungsbang — und Schmerz unsäglich
Blickt aus des starren Auges Strahl.

»Wer ist der Reiter, der im Schritte
Vorsichtig dort vom Felsen steigt?
Sein Pferd hat, müde schon vom Ritte,
Den langgemähnten Hals geneigt —
Die Burka hat er abgelegt,
Er hält sie in der Hand, und trägt
Sorgsam umhüllt Etwas darin.«
Und denkt der Greis in seinem Sinn:
»Vielleicht von meinem lieben Kind
Geschenke in der Burka sind!«

Schon nahe ist der Reitersmann
Dem Greis. Er hält den Rappen an,
Löst zitternd mit der rechten Hand
Der schwarzen Burka Filzgewand:
Das blut'ge Haupt entrollt ihm leis,
Fällt in den hohen Rasen hin —
Gerechter Gott! es sieht der Greis
Des eignen Kindes Haupt darin!
Und seiner Sinne fast beraubt
Preßt er zum Mund das theure Haupt —
Das blutig-kalte Antlitz löst
Den letzten Laut der ihm gegeben:
In Einem Kusse, Seufzer stößt
Er seine Seele aus, sein Leben ...
Die Menschen haben und der Schmerz
Genug gequält dies arme Herz!
Und, wie ein lockrer Faden Zwirn,

Riß es mit Einemmal entzwei,
Und unbeweglich auf der Stirn
Lagen die Furchen, kalt wie Blei.
So schnell war ihm der Geist entschwebt,
Daß, was in Sehnsucht ihn belebt,
Und durch die alten Tage trieb,
Im Ausdruck des Gesichtes blieb.

Habschi-Abrek stand eine Weile
Mit unbeweglicher Geberde..
Dann in's Gebirg in wilder Eile
Flog er davon mit seinem Pferde.

■ . ●

Ein Jahr war seit der Zeit entschwunden,
Da, zwischen Steinen und Gesträuchen,
Ward in der Felsenschlucht gefunden
Ein paar schon halbverwester Leichen,
Entstellt von Körper und Geberde,
Auf ihrer Stirn der Bosheit Zeichen,
Gegeneinander die Gesichter
Gekehrt, so lagen sie umschlungen
Gestreckten Körpers auf der Erde,
Als hätten sie sich todtgerungen,
Zwei eingefleischte Bösewichter...
Es schien den Pilgern, die sie fanden

Und im Gebirge dann begruben,
Wie sie empor die Leichen huben,
(Wohl Täuschung war, was sie empfanden!)
Als ob noch Leben darin rege,
Der Mund sich drohend noch bewege,
Das Auge zuckt' zu wilder That...

Reich war die Kleidung Beider, — Einer
Der Beiden war Fürst Bey-Bulát;
Den Anderen erkannte Keiner...

Anmerkungen.

1) Dariél — der schon den Alten unter dem Namen der kaukasischen Pforten bekannte Engpaß in der Gebirgsstraße, welche, dem Laufe des Terek entgegen, von der Festung Wladikawkas — dem eigentlichen Schlüssel des Kaukasus — quer durch die große Kette nach Georgien führt. Der Terek hat seine Quellen am Fuße des Kasbek, im Lande der Osseten, läuft, durch die Schlucht von Dariél brausend, in nördlicher Richtung bis Wladikawkas, schlängelt sich dann nordwestlich und folgt, die große Kabarda von der kleinen Kabarda trennend, bis Jekaterinograd der nach der Steppe führenden Straße. Unfern Jekaterinograd, wo er die Malka aufnimmt, wendet sich der Terek, ein stumpfes Eck bildend, plötzlich nach Osten, trennt die kleine Kabarda und Tschetschnja von dem Mosdok'schen und Kisljar'schen Gebiete, ändert bei der Festung Amir-Hadshi-Jurt, wo sich die Sundsha mit ihm vereint, seinen Lauf nach Nord-Ost, bis er die an der nördlichen Grenze des Kumykenlandes gelegene Kreisstadt Kisljar erreicht, von wo er nach Süd-Ost in mehreren Armen dem Kaspimeere zuströmt. Das Gefäll des Terek — dessen Lauf kaum 400 Werste oder 57 geographische Meilen beträgt — wird auf 10,000' angeschlagen.

2) Im Grebén'schen Reiterheer ꝛc. Die Grebén'schen Kosaken gelten als die kühnsten Krieger und verwegensten Reiter im russischen Heere und sind an Schönheit der Gestalt den Tscherkessen vergleichbar, deren Töchter sie zu rauben und zu heirathen pflegen. Ihren Namen haben diese Kosaken von dem russischen Worte Грeбeнь, d. i. der Kamm, der Bergrücken; es sind damit die am Saum des kaukasischen Gebirges hausenden Kosaken bezeichnet. Die Hauptstanitza der Grebén'schen Kosaken ist Tscherwlonnaja, am linken Ufer des Terek.

3) Tschetschen — d. i. ein Bewohner der Tschetschnja, eines den Russen feindlich gesinnten, aber theilweise unterworfenen Landes, welches nördlich vom Terek begrenzt, und von der Sundsha in die große und die kleine Tschetschnja getrennt wird.

4) Tamara — oder Thamar: eine alte georgische Königin aus der Blüthezeit des Landes, um deren Namen unter den Völkern des Kaukasus ein ähnlicher romantischer Sagenkreis sich gebildet hat, wie in Persien um den Namen Rustem's, oder bei uns um den Namen Karls des Großen.

5) Der Prophet und

6) Das Stelldichein sind die beiden letzten Gedichte, welche Lermontoff geschrieben hat. Sie wurden, gleich den meisten übrigen, in den „Lyrischen Nachklängen" enthaltenen, während der Jahre 1843—1844 in der russischen Zeitschrift „Vaterländische Blätter" zuerst gedruckt. Die Redaktion der „Vaterländischen Blätter" begleitete die oben bezeichneten Gedichte mit folgender Anmerkung:

„Diese beiden Gedichte Lermontoff's wurden uns durch einen Zufall in die Hände gespielt. Vor seiner letzten Abreise nach dem Kaukasus, im April des Jahres 1841, erhielt Lermontoff von einem seiner Petersburger schriftstelleraden Freunde ein Album mit der Aufschrift: „Dem Dichter Lermontoff schenke ich dieses Album unter der Bedingung, daß er mir dasselbe, von seiner eigenen Hand vollgeschrieben, dereinst persönlich zurückgebe." Lermontoff versprach das Eine wie das Andere, verließ Petersburg noch im April — und war am 15. Juli desselben Jahres schon nicht mehr unter den Lebenden! Unter dem Nachlasse des Erschossenen fand man das Album, und durch einen Verwandten des Dichters wurde dasselbe dem Geber zurückerstattet. In dem Album fand man, flüchtig mit dem Bleistift hingeworfen, dann verbessert und ergänzt, und endlich mit Dinte in's Reine geschrieben, ein Gedicht in französischer und elf Gedichte in russischer Sprache. (Folgt die Anführung der einzelnen Gedichte, von welchen der Uebersetzer die meisten mitgetheilt hat.) Weiter fand man noch die flüchtig mit dem Bleistift hingeworfenen Anfänge anderer Dichtungen, an deren Vollendung der Dichter durch den Tod verhindert wurde. Wir theilen diese kleinen Bruchstücke hier mit:

1.

Im Schatten lag alter Tschinaren *)
Auf der Burka Achmel-Jbrahim,
Es standen in Schweigen Tataren,
Seines Winkes gewärtig, vor ihm.

2.

Zu ihnen die Worte sich kehrten,
Als er sprechend die Brauen verzog,
O, glaubt mir, tapfre Gefährten!
Ich halt' Euer Leben hoch ...

Weiter ist er nicht damit gekommen. Auf derselben Seite befinden
sich noch einige undeutlich geschriebene Verse, in welche kein rechter
Zusammenhang zu bringen ist. Weiter im Album finden sich noch
einige zerstreute Wörter, vielleicht Ueberschriften zu noch nicht fertigen
Gedichten: „Der Orient;" „Sturm"... Ferner einige abgerissene
Sätze: „Rußland's Blick ist ganz auf die Zukunft gerichtet. Es geht
eine Sage: Jeruslan Lasarewitsch saß zwanzig Jahre einsam
und schlief einen festen Schlaf, aber im ein und zwanzigsten Jahre
erwachte er aus seinem festen Schlafe, und er stand auf, und als
er fürbaß ging, siehe, da begegneten ihm sieben und dreißig Könige
und siebenzig Ritter, und er schlug dieselben und setzte sich zum
Herrscher über sie." Weiter unten ist mit Bleistift hinzugefügt:
„So ist Rußland!"

7) Bekanntlich wurde Puschkin im Duell erschossen. Von den
haarsträubenden Einzelheiten welche zu diesem Duell Anlaß gaben,
weiß in Rußland Jedermann zu erzählen. Das Wesentliche an der
Sache ist in dem Gedichte Lermontoff's hinlänglich klar ausgesprochen
und das Uebrige fühle ich mich nicht berufen an die Oeffentlichkeit
zu ziehen, zumal erst vor Kurzem, bei Gelegenheit der Sendung des
Herrn v. Heckeren nach Berlin, in den Zeitungen soviel davon auf-
gefrischt wurde, daß ich wenig Neues hinzuzufügen wüßte.

8) Der Tscherkessenknabe. Der Uebersetzer hat sich bei
diesem Gedichte eine Aenderung des Titels erlaubt, um den Leser
nicht von vornherein durch ein fremdartiges, für eine deutsche Zunge
unaussprechliches Wort abzuschrecken. Lermontoff hat sein Gedicht
überschrieben Мцыри (spr. Mtsiri), ein Wort, welches auch der
des Russischen kundige Gelehrte in seinem Wörterbuche vergebens
suchen wird, weshalb es einem andern Uebersetzer nicht übel zu nehmen

---

*) Tschinaren —: Platanen.

ist, daß er Mtsiri als einen Eigennamen betrachtet. Das Wort ist georgischen Ursprungs (ძიორი) und entspricht etwa der Bedeutung des Wortes Noviz, in klösterlicher Beziehung. Mtsiri heißt, mit andern Worten: ein junger Mensch, der im Kloster lebt, ohne das Mönchsgelübbe gethan, oder die priesterliche Weihe empfangen zu haben. Jedenfalls scheint mir „Der Tscherkessenknabe“ den Helden des Gedichts besser zu bezeichnen als der ursprüngliche Titel.

9) Stolnik — hießen in früherer Zeit die Würdenträger des zarischen Hofes, welche den Tafeldienst zu versehen hatten. Die Würde eines russischen Stolnik war etwa der eines deutschen Truchseß vergleichbar.

10) Dies bezieht sich auf die alten russischen Kampfspiele, welche an Festtagen im Winter auf dem Eise der Mosqua gehalten wurden. Spuren davon sind bis auf den heutigen Tag bei den unteren Volks- klassen übrig geblieben. Bei den reichen Kaufleuten sind an die Stelle der alten Kampfspiele auf der Mosqua, Wettrennen mit Schlitten getreten, wobei ein großer Luxus entfaltet wird.

11) Jata — der alte russische Schleier.

12) Busurman — gleichbedeutend mit Muselmann, dem türkischen مسلمان. Ueber die Identität beider Wörter ist man einig; nicht so über die Ableitung. Die Einen leiten das Wort Busur- man her von Бессрмен (Bessermen), wie man die Bewohner von Chiwa zu nennen pflegt, wonach denn die Bezeichnung auf alle moslemitischen Stämme übertragen sein soll. Die Andern halten das Wort für eine einfache Korruption von Muselmann (Mussulman), und zu dieser Ansicht bekennt sich auch der Uebersetzer, dem das Wort beim Studium der alten slavischen Volkslieder, und besonders der Kosakenduma's, in mancherlei Abweichungen der Schreibweise häufig aufgestoßen ist. — S. die „Poetische Ukraine, eine Sammlung kleinrussischer Volkslieder von J. Bodenstedt“ (Stuttgart bei Cotta, 1845).

13) Stephan Paramonowitsch — d. h. Stephan, der Sohn des Paramon. Die eigentlichen Familiennamen werden in Rußland nur selten genannt, obgleich großes Gewicht darauf gelegt wird. Bemerkt muß hier werden, daß zu der Zeit, in welcher dieses Gedicht spielt, der Kaufmannsstand die eigentliche Aristokratie in Rußland bildete.

14) Saschén — die russische Elle.

15) Fürst Bey-Bulát. — Da der Titel Bey oder Beg (dem Sinne nach derselbe, nur in der Aussprache bei den verschiedenen Stämmen verschieden) schon an und für sich gleichbedeutend ist mit unserm Titel Fürst, so könnte es als eine unnütze Wortwiederholung erscheinen, zu sagen „Fürst Bey-Bulat." Im vorliegenden Falle ist jedoch Bey als ein Theil des Eigennamens zu betrachten, da es vor dem Wort Bulat steht. Wenn es hingegen hieße Bulat-Bey, so wäre eine weitere Hinzufügung des Fürstentitels überflüssig.

16) „Niemals bestieg, Zeit seines Lebens,
      Habschi sein gutes Roß vergebens" —
Ich habe hier wörtlich aus dem Russischen übersetzt, obgleich ich sehr wohl weiß, daß es, strenggenommen, unrichtig ist, Habschi als Eigennamen zu gebrauchen, da Habschi nichts anders heißt als „der Pilger," ein Ehrentitel, den man dem Namen derer vorzusetzen pflegt, welche eine Pilgerfahrt nach Mekka oder Kerbelah unternommen haben, oder auf einer solchen Pilgerfahrt geboren sind.

17) Kumyß — ein aus Pferdemilch bereitetes, sowohl unter den kaspischen Steppenhorden, wie unter den kaukasischen Bergvölkern sehr beliebtes Getränk.